AU

哎哟

于永昌 著

中国文史出版社

目　录

火　篇

毒　篇

禽　　篇

目　录

兽　篇

火篇 HuoPian

他叫"哎哟"

　　在中国北方一座大城市的一所军校里，操场上，"少年特警团"的大旗迎风飘扬。一排排身穿迷彩服、英姿勃勃的少年特警小战士集合完毕，鼓乐声停住。少年特警团副团长、五年级小学生郝胜跑出队列，向少年特警团团长、市公安局特警队欧阳华队长报告："报告团长，少年特警团全团一百名团员列队完毕，整装待命！"

　　"稍息！"高出少年们半截身体的团长说，"少年特警团的战士们，从今天起，你们是一百零一名了。我给你们介绍一个新伙伴——"

　　欧阳华向队尾招招手，一个花白头发、像个学者的中年男子领着一个面容清秀的孩子走到队前。团长向小团员们介绍："这位是科学院的艾教授，他送他的孩子来和我们一起训练，一起执行战斗任务啦！"

　　欧阳华带头鼓掌，表示欢迎，又问艾教授："他叫什么名字？"

　　"艾一!"艾教授说,又在手心画给团长看。

　　"艾幺呀!"通信兵出身的团长一贯是把"一"念成"幺"的。

　　他这一念,郝胜和许多团员都笑了。

　　"哈,哎哟!"

　　"哎哟,好玩儿!"

　　"这名字真逗!"

　　艾教授身边被叫作"哎哟"的孩子,害羞地低下了头。郝胜看他个子没有自己高,穿着一身蓝色白道运动服,脚上是一双旅游鞋,往艾教授身边依偎。郝胜心想:瞧他那一身娇气样子,参加特警团还让大人送!瞧着吧,一训练准会累得这个叫哎哟的喊"哎哟"。

火　篇

哎哟真叫人喊 "哎哟"

　　为迎接和参加全市"消防月"活动，少年特警团在军校操场上举行了这次消防训练。首先进行的是穿越火网比赛。

　　操场跑道上，长三十米、悬在地面的火网已经架设好了。

　　小团员们一个个戴上红色头盔，穿上草绿色消防服，蹬上高筒靴子，很是威武和神气。副团长郝胜长得虎虎实实，他站在训练场上更像一只小老虎。平素训练，他样样拔尖，少年们都佩服他。现在两人一组的"结对赛"要开始了，郝胜站在哎哟旁边，一心想给这新团员一个下马威。

　　火网燃烧起来后，欧阳华一声发令枪响，郝胜和哎哟都像箭离弦一样冲了出去。距地面一米的火网燃着熊熊的火焰，远远就感到热浪扑面。

　　郝胜一闭眼扑上前去，用双肘双膝向前爬。上面烈火烤着头盔，头和脖子都在发烫。背上好像有无数条火蛇在狂舔猛烧，让他无处躲闪。郝胜一咬牙，向前爬得更快。他心想：起码要落下你哎哟一半远。

当郝胜爬过火网快冲到终点时，从头盔下他看到的是，哎哟早已跑到了终点，正向他喊着"加油"。

这是怎么回事呀？

郝胜正喘着气，有个团员走到他身旁在他耳边说："告诉你郝胜，哎哟好像不知道有火烤，爬得快极啦，落下你一半远哩！"

"算了。"郝胜没好气地说，"我就不信他跑得比我快！负重赛跑我还和他结对，非甩下他不可！"

休息过后，小团员们都背上两个小型灭火器，两两走到起跑线上。

八百米负重赛一开始，郝胜和哎哟并驾齐驱。跑到中途，郝胜感到背上的灭火器重了起来，两腿发软，速度慢了很多。而哎哟却速度不减，一下冲到前边。他跑得还像起跑时那样轻松。

郝胜一心想超过哎哟，他心里催促自己：快！快！快！可是他两条腿像灌了铅，背上像压了座山，越跑越慢……跑到终点后，他气喘吁吁，累得喊着"哎哟"，一屁股坐在地上。再看早跑到终点的哎哟，脸不变色气不喘，还对他笑呢。气得郝胜拍着腿骂自己："我真笨！我真糟糕！"

"你不糟糕，你今天跑得很快。"欧阳华走来，帮郝胜取下背上的灭火器，告诉他说，"我用秒表测，你今天比以

前的纪录快了七秒钟哩！"

"可是哎哟把我落下好远。"

"哎哟比所有的孩子跑得都快。"

"为什么？"

欧阳华笑着说："慢慢你就知道了。"

哎哟是机器人

可不是，郝胜很快就了解哎哟了。

哎哟可不简单，他虽然有着少年的外观，却是国内第一代外形全仿真机器人。

郝胜发现哎哟不但跑起来不知疲倦，还不怕冷和热，摔了也不怕疼。既然哎哟不是和自己一样的孩子，郝胜对哎哟赛跑能超过自己这个事实，也就能接受了。在少年特警团里，除了欧阳华团长，除了哎哟这个机器人，他郝胜还是最棒的。

几天来，小团员们攀云梯、跨窄桥、抛接消防栓、投掷灭火弹，消防训练紧张而多样。每天一起训练，郝胜慢慢对哎哟产生了兴趣。这天训练休息时，团员们坐在场边，郝胜问哎哟："哎哟，你有家吗？"

"有，在科学院。"

"你家都有什么人？"

"我只知道艾教授，是他把我带到这个世界上的。教授

管我叫艾一，因为我的编号是 A1。"

"嗯，有意思。哎哟，你不怕热不怕累，我想知道你怕不怕痒——"郝胜想到这个事，伸手去挠哎哟的胳肢窝。

"别闹，别闹……"哎哟笑着伸手去挡。

"哈，原来你也有痒痒肉儿呀!"郝胜为自己的发现笑出了声。

"谁说的——"哎哟念了一个字母，郝胜怎样挠他捅他都没了反应。

"别傻啦!"哎哟拉住郝胜的手臂，告诉他说，"痒感是艾教授的一项常人设计。他为我设置了吃、喝、睡、痛、痒等可控程序，是为了让我和少年们在一起时能和谐相处。"

"你有很多程序吗?"

"很多。"哎哟讲解道，"人有的感情也是我的程序之一。感情程序包括爱、恨、喜、忧等等。教授把我弄得爱害羞我有意见，动不动就脸红太女孩子气……"

"哎哟，你有大脑吗? 要不要呼吸?"郝胜问，他对哎哟的一切都感到新奇。

哎哟还没有和别人接触沟通的机会，就很高兴地介绍起自己："我没有大脑什么的人体器官，后胸处有一块集成线路板，这里工作着大容量的光子脑，每秒钟能准确完成上亿次计算，规范着我的每一个动作。郝胜，你摸我的皮肤，和你一样，柔润有弹性，它是用特殊硅橡胶制作的，能防冷防热，抗击打。可以检测到我的心跳、血压、温度，只有用声呐探测器才能辨出我和真人的区别……"

"你不吃东西也不会饿吗？"郝胜又问。

"我不需要食物和水，也不需要呼吸和氧气。"哎哟讲解道，"只需要定时为我充电。"

"充电？那感觉好吗？"

"我有专用的充电器，耳塞式插头。每次充电，我欣赏着中国民乐和欧洲古典乐曲，都能度过一段轻松快乐的时间。充电一个小时，我能正常活动七天哩……"

郝胜听到这里，觉得新鲜而有趣，他又问："哎哟，你参加少年特警团有什么心愿吗？"

"当然有啦！"哎哟说，"是艾教授给了我生命。他用全部心血和爱把我制成。我决不辜负他的发明之恩，我要做好他希望我做的每件事情……"

两个少年正有问有答地说着话，操场上警车报警铃骤然响起，少年特警团的团员们紧急集合。

列队后，欧阳华站在队前讲话说："团员们，我刚刚接到市公安局通知，东郊化工厂发生火情，我们要去协助消防局灭火，现在立即乘车出动！"

少年特警团的团员们听了，人人振奋，迅速登车。他们参加了多日训练，早就想参加实战灭火立功了。

哎哟有绝招

离失火的化工厂还有很远，就看到一团团翻卷而上的浓烟。几路红色的消防车鸣着警笛开到一处，几百名消防官兵赶来灭火。

现场门外一片嘈杂，秩序混乱。一些人想冲进化工厂参加救灾，还有大群人堵住通道伸着脖子围观。

给少年特警团的任务是在场外警戒。郝胜一听忙拉住欧阳华请求："团长，我们应该进到厂里灭火！"

"服从命令！"团长向他大喊，"我讲过的——维护好火场秩序，是扑灭火灾的重要一环。"

"是！"

郝胜的心安定下来。他和团员们站成一排，只让消防车和消防队员进场，把闲杂人员都拦挡在厂外。

在失火的车间，消防队员端着一条条高压水枪向火焰处喷射，一股股水流也向四处溅落。郝胜站的地方是迎风处，清凉的水不时洒落在他的身上，浸湿了衣服。在这初春时节，郝胜冷得直打哆嗦。

"你嘴唇都紫了，是不是冷？"哎哟在一旁关心地问着郝胜。

"是有一点儿……冷。"郝胜向工厂里张望着，说，"我特想看看里面救火的场景。"

这时，欧阳华从火场跑来，他拉住哎哟的胳膊："失火的北车间有两个阀门要赶紧关闭，防止有毒气体飘散漫延，指挥部经过研究把这个任务交给你完成！"

郝胜听到后提出："团长，我和他一起去！"

"你去不行。"欧阳华告诉郝胜，"那里火烧得猛，温度高，普通人难以靠近。哎哟快去吧，相信你能做好！"

欧阳华弯腰向哎哟讲述着行动要领，又把一个关阀门的扳手交到哎哟手里。

哎哟戴好嵌有防火探头的头盔，手握扳手，跨进厂门。欧阳华团长从一辆消防指挥车上提下一台显示仪，打开荧屏，调好频率。郝胜和旁边的小团员们都凑过去看。

荧屏里哎哟快步冲进了烟雾弥漫的高大厂房。他绕过烧得一塌糊涂的机器，踏过到处乱冒的火舌，爬上摇摇欲坠的厂房楼梯……

欧阳华从荧屏上追踪哎哟的身影，又用通话机向哎哟喊话，遥控指示路程。哎哟进入了楼上的仪表室，这里也是浓烟密布，烈火熊熊。

按欧阳华指示的位置，哎哟敏捷地把一个阀门关紧了。

而靠墙的一个阀门已经烧得变了形，哎哟用手拧，用扳手扳都扳不动。

看着荧屏，厂外的郝胜和小团员们都非常焦急，恨不得也能冲进烈火中，帮助哎哟用力。

"哎哟，别慌！"欧阳华用话筒指挥，"车间门口有段铁管能够帮你……"

哎哟一听，看到身后不远处的铁管，立刻明白了团长的办法。他转身拿起铁管，套在扳手把儿上。力臂加长了，他双手用力一拧，阀门拧动了，关上了。一个能散发有毒气体的通道被成功堵住了。

"好！"欧阳华情不自禁地对着话筒大喊了一声。

"哎哟——好样的！"

"哎哟——我们为你骄傲！"

少年们更是忘情地欢呼。

荧屏里哎哟并没有停手。他向大火燃烧处接连投出了灭火弹，弹药爆出，着火处顿时火灭烟飘。随后，众多消防战士也冲进车间楼层，对各处火焰展开围剿……

哎哟做客

郝胜在火场受到冷水淋浇，从化工厂乘车返回的路上感觉头痛，发起了烧。回家后他的妈妈赶紧找出感冒药让他服用，郝胜却兴致勃勃地讲起了哎哟。

他讲哎哟是个怎样有趣的机器人，又怎样在危急时刻机敏地关闭阀门。讲得妈妈和从外地来借读上初中的小云表姐都听出了神。

一串门铃声响起，郝胜抢先去开门，立刻惊喜地喊道："哎哟来啦！"郝胜拉着一个少年走进门来，兴奋地向妈妈、表姐介绍："他就是哎哟！"

哎哟是来探望郝胜病情的。妈妈和表姐端详哎哟：一看就是个乖孩子，表情文静，说话时还显得有些腼腆。就是这孩子吗？勇敢地独闯火海，排除了工厂险情？虽然听郝胜讲的和面前的少年有些联系不起来，但妈妈和表姐对哎哟都很有好感。

她们热情地招待小客人。表姐把果盘、饮料端到客厅

茶几上。妈妈系上围裙，在厨房忙个不停，烧了好几个美味大菜。

郝胜把哎哟拉进自己的卧室，搬出集邮册、枪械画报、变形金刚等玩具向客人显摆。吃了饭后，郝胜拉着哎哟玩起电脑游戏，这可让郝胜眼界大开，有了意外惊喜。

郝胜以前玩警匪枪战，每次过不了几关便遭失败。有哎哟参战就完全不同了，他怎么打怎么赢，精良装备也有了好几件。他们可是郝胜的宝贝啊，虽属虚拟，却大受他的宠爱。郝胜乐得不知说什么是好，他操按着手柄键钮，连声夸赞："来劲，来劲！我的好哎哟——你真让我崇拜！"

天晚了，郝胜提出让哎哟留下过夜。哎哟和艾教授联系后得到允许。

郝胜把自己的睡床让给哎哟，他睡沙发。吃药以后，郝胜身体不再发烧，加上玩得又高兴，他没有睡意，熄灯后和躺在对面的哎哟说这说那，后来他问："哎哟，你今天来我家，你说我的妈妈、表姐好吗？"

郝胜问完，等了半天，没有听到回答。他打开灯，想看看哎哟是不是睡着了，却见泪水流在哎哟的脸颊上。

"你不舒服吗？"郝胜着急地大声问，"你是不是也生病啦？"

哎哟摇头："你别问了……"

"要问——不然我要去告诉妈妈。"

"好吧……我就告诉你——"哎哟眼中闪动着泪水说，

"你有妈妈、表姐多幸福啊！你发烧，妈妈总摸你的前额，下午和晚上一共摸了十八次，一次一次我都数着的。表姐拿药让你吃时，先用小勺尝尝水烫不烫。我要是有你这样的妈妈和表姐，愿意天天都病上一场……"

"你呀——真傻！"郝胜笑他，"可是你还真会观察。"

听到这睡房中说话的声音很大，妈妈、表姐推门走了进来。看到哎哟脸上挂着泪痕，妈妈惊问："哎哟怎么哭啦？"

郝胜爬起来，凑到妈妈、表姐耳边，说出了哎哟流泪的原因。妈妈和表姐全都笑了。表姐走过去拉住哎哟的手："哎哟，以后你要常到这里来玩，你就做我的第二个弟弟吧！"

看到妈妈含笑望着他，哎哟点点头接受了邀请。

夜里，妈妈又一次走进房间，为两个孩子把被子掖严。

在哎哟床前她还伏下身，亲了一下哎哟的脸蛋儿。

哎哟感受到了一种甜美，这就是人们说的母爱吗？哎哟只觉得全身温馨而舒适，他美滋滋地闭上了眼睛。

火　篇

哎哟装备精良

全市开展消防安全检查，郝胜和哎哟也随同检查团四处查看。一行人走进宾馆饭店查找了火灾隐患，接着又去检查餐厅酒吧。

当检查到一个餐厅后厨，哎哟向检查团团长报告："团长，这里的管道有液化气泄漏。"

"用仪器检测漏气位置。"团长指示有关人员。

经专用仪器测试，很快找到两处因管道锈蚀出现的漏气隐患。检查团当即开出通知单，责令餐厅停业检修。

从这家餐厅走出，郝胜纳闷地一拉哎哟胳膊问："哎哟我问你，刚才你怎会知道餐厅厨房有漏气呀？"

"我有这个——"哎哟向郝胜扬起左手，亮出手掌心。

"你手掌上什么也没有呀？"

"瞧！"

哎哟把左手拇指和食指一捻，掌心立即显现出一块浅蓝底色的显示屏。哎哟把掌心凑近郝胜，叫他看："这叫掌

17

屏，是艾教授专门为我设计制造的。"

郝胜拉过哎哟的左手，摸摸他的手掌心，感觉摸到的就是柔软的皮肤，便好奇地问："你这掌屏是怎样装到手心上的呢？"

"掌屏是用特殊硅胶材料制造的。掌屏贴附在手心，轻薄、透明、耐磨损。触摸屏面，可以关屏和从手心脱落。"

哎哟说着为郝胜表演了一下，巴掌大的屏在手心卷缩得只有黄豆大。哎哟用右手按住左手掌的"黄豆"，左手二指一捻，卷起的硅胶屏转眼又舒展地贴于手掌心。

"够神的！"郝胜眨眨眼问，"你这掌屏能测漏气呀？"

"对。"哎哟指指掌屏告诉他，"这里面有对液化气的感应装置，检测到漏气会灵敏地显示报警。告诉你，掌屏的功能可多啦，查漏气只是其中的一项……"

"真的？"

"使用掌屏还可以查漏电，查毒品、危险品，找热源，能拍照、摄像、监听。把手掌移到耳边就能通话，当然我就不用装手机话卡了。"

哎哟见到郝胜听得愣愣的，又告诉他："你看，这掌屏只是向你一亮，你就已经被我卫星定位。连同周围的街巷、店铺等参照物，全都标得清清楚楚。"

"真棒，真棒！"郝胜再一次抓住哎哟手掌看，羡慕得直咂嘴，忙说，"这可是个宝贝呀，借我玩两天好吗？"

"对不起，"哎哟抱歉地说，"这掌屏是我的专用配件，

和我的线路相连，才能开屏。到你手上功用就全失灵了。"

"那让艾教授也给我做一块这种专用的神屏吧，需要钱的话，我妈妈是作家，她有很多稿费。"

"艾教授可忙了，马上就做可能不行，不过我可以把你的想法告诉他，让他以后帮你实现心愿。"

他们边说着边随检查团进入一家大型超市，检查疏散通道是否畅通安全。穿行在货架中，哎哟感觉掌屏有振动，一行文字在屏面显现：

　　你所在的超市食品区有两个人在盗窃高档烟。
嫌疑人特征：一个腿瘸，一个脖子歪。盯住他们，
我立即带人赶去，进行抓捕。

　　　　　　　　　　　　　　　　欧阳华

哎哟赶快走到检查团团长面前，给他看了掌上屏显。一行人中几名身穿警服的人和郝胜、哎哟跑向食品区展开搜索。走过几排货架，哎哟和郝胜最先发现了两名嫌疑人：挎着包的瘸子拖着一条打不了弯儿的腿急促往前挪动，后边一个跟着他的家伙歪着脖子不时向身后探头望着。

当郝胜加快脚步跟上去时，两个家伙已感觉到后面有人追赶，知道不妙，撒腿向前跑去。

"抓住他们！"郝胜向哎哟喊。

他抢先扑了上去，哎哟跟在后面。两个家伙提着包，

慌不择路。追得近了，郝胜伸手去抓落在后面的歪脖子的衣服。不料这歪脖子突然转身，用手把一个货架拉倒了。货架连同摆放的瓶瓶罐罐一起倾落下来。有个妇女正弯着腰挑选商品，郝胜和哎哟怕她被砸，不约而同扬起双臂护卫。三个人都被倒下的货架压住手脚。

郝胜和哎哟再心急也动弹不得，没想到歹徒使出了这样的阴招。

随后赶来的人扶起了货架。那妇女被搀起，也没受伤。跑来的超市保安却抓住了郝胜、哎哟，让他们赔偿摔坏的瓶罐食品，硬说他们在这里追逐打闹，查问他们的监护人……市检查团的人赶来说明了情况，才为他们解了围。

趁着混乱，两个坏家伙已逃得没了踪影。

"让他们跑了！"郝胜气呼呼地一挥手。

"他们跑不了！"哎哟一扬手说，"刚才追他们时，我锁定了位点。"

郝胜把头凑近哎哟的手掌，屏显上有两个移动的小黑点。这时欧阳华团长已带着一队特警人员赶来，了解这里发生的情况。哎哟报告说："团长，这两个人逃出超市，穿过了两条大街，正在向前窜逃。"

欧阳华告诉在场的人，出现在这里的两个盗窃者，那瘸子是抢劫杀人通缉犯，歪脖子也是个惯犯，这次再不能让他们脱逃。他把这里发生的案情报告给了市局领导，随后率领众人赶往嫌疑人出没的地段。

哎哟救婴儿

从超市逃出来的两个家伙，感到受着追捕。他们有着很强的反抓捕经验，先混进人群，又从闹事大街溜进一家医院。

这是一所楼房老旧的妇产医院，正准备搬迁。从大门口能看到一些父母抱着新生儿离去，另有一些挺着肚子的孕妇在向里面走。

两个歹徒进了医院仍然惊魂未定，他们狡诈狠毒，为了逃脱追捕，商量了一下，有了个坏点子，想把抓他们的人拖住。

那瘸子摸进了弃用的病例室，歪脖子钻到一个储物库房，偷偷各放了一把火。砖木结构的楼房很快浓烟冒起，火光冲天。

当郝胜、哎哟一行人赶到医院，只见医院内已乱作一团。有人救火，有人乱跑，有人哭喊，还有人受伤倒在楼前……

快！灭火要紧，救人第一！郝胜和哎哟跑向医院一个楼门，那里围着不少人在呼喊求救。

原来，楼口旁有一个很大的婴儿室，里面火烧墙壁，黑烟弥漫。医生和家长想救出里面的婴儿，有人冲进去便被浓烟呛倒在地……怎能让亲生的骨肉遭受火焚啊，发疯般的家长还想冲进去。

此时哎哟冲上前，他拉出倒地的人，一纵身钻到浓烟密布的房间。他的皮肤和服装耐高温烧烤，一副电子眼在浓烟中能清晰视物。走到一排小床前，他一手一个抱起两个婴儿，转回身递到围在门口的人手里。

眨眼间哎哟就抱出了六个小孩儿，阻在门外的人接过后急切地翻看婴儿胸前写着姓名的小牌。抱到自己孩子的家长又惊又喜，把孩子紧紧搂在怀里。而有的家长接过婴儿，一看不是自己的，忙塞给别人。后面的人争抢婴儿，乱拥乱挤……

"别乱啦！"郝胜向他们喊道，"你们也太自私啦，大家快站成一排，把孩子全传到楼外去……"

他这一喊还真管用，人们前后排成长龙，等待着哎哟抢出婴儿往楼外空地运送。

在火势汹汹的婴儿室里，哎哟奔跑在一排排床前。哪里烟大火猛，他先把哪里的婴儿抱出。抱完一次再抱一次，直到室内所有床上都空无婴儿……

几十个婴儿火中逃生，家长们忙查看牌上姓名，并抱

到自己的宝宝。有几个婴儿被烟呛紫了脸，经医生救护也脱离了危险。

各自找到亲骨肉的家长们，又是哭，又是笑，又是亲，又是叫。一位母亲说哎哟是救孩子的大恩人，拉住他的手久久不松，说这说那。

哎哟发觉手掌又有振动了，欧阳华发短信告诉他，另一侧楼里有火情，让他快去。

"好了，阿姨。"哎哟抽出手，"我要去完成新任务啦！"

哎哟飞檐走壁

另一侧的老式楼房火势越烧越凶险。火矛已将八层楼的多处墙壁刺穿。邻楼内放有贵重的医疗器械和药品,与这座楼相隔不远的墙外还有一个货运站,放有大量易燃品……火情紧急,楼房周围堆放的杂物太多,消防车开不到楼前。

头戴防烟面罩的消防队员几次接起水龙带,端着水枪向楼里冲去,都被倒灌而下的浓烟热浪挡住。排烟成了解危的重中之重,赶快破拆楼顶是灭火的关键。

赶来参战的欧阳华和火场指挥人员研究确定了应急方案,急招哎哟到来。

郝胜、哎哟跑到欧阳华面前。欧阳华叫哎哟抬起脚,亮出鞋底。他听艾教授介绍说,哎哟的鞋是特制的,平时鞋底具有较好的弹性和防滑功能,需攀登时,鞋底即显现壁虎脚形的吸附沟槽和遍布苍蝇软足般的纤细粘毛,攀墙而上能变得轻松自如。

　　欧阳华站起身，大手往哎哟肩膀一拍："好，这个任务还是交给你去完成！"

　　欧阳华打开一张楼房结构图，叫郝胜拿着，给哎哟讲解行进路线，告诉他注意事项。

　　哎哟带好所需的物品，来到冒着浓烟大火的楼下。他抬头望望高高的楼顶，弓起腰身蹬踏而上。平滑的墙面在他的脚掌下像是有黏附的阶梯，让他步履轻盈，如走平地。欧阳华、郝胜、消防队员们在下面望着哎哟。哎哟这时可不是在表演魔术杂技，他所展示的是科学家智慧凝结的神奇能力。

　　哎哟一步步跨到楼房顶层，翻进一个窗口。在烟火中，他登上内墙，向顶板走去。这时的哎哟是脚在上、头在下的。按下面欧阳华的指挥，哎哟走到指定位置，蹲立着拉开衣兜，拿出一颗炸弹，吸附在顶板上，调好起爆时间，然后镇静地走向窗口，拉住拴好的绳索向下一溜。

　　哎哟在楼下刚刚站稳，只听得楼内一声闷响，整座大楼都猛地一抖。哎哟放置的炸弹炸响了。可是，该楼的顶部太厚，顶板一次引爆并没有炸透，浓烟还是排不出去。

　　哎哟请求再一次行动。得到批准后，他携带炸弹又一次登上顶板，在顶板薄弱处又放置了一枚炸弹。他按动起爆键后，迅速逃脱。

　　随着又一声轰响，楼房顶部掀开了一个大洞。洞口像一个巨大的拔火罐，满楼黑烟从楼道、楼梯口争相冲向这个大洞，再向四外飘散。

　　一阵隆隆声传来，两架直升机一前一后，由远而近，飞到医院上空。飞机机身下各吊着一个沉甸甸的大包。一架飞机飞到楼口洞顶上方，大包坠落而下，准确掉到敞开的楼洞里，楼房被砸得一颤，接着滂沱的水流奔涌开来。飞机投下的大包，原来是颗威力巨大的水弹。

　　两颗水弹入楼，使楼房中如水库开闸。各楼层、楼道、房间都形成了大大小小的飞瀑流泉。一处处烈火被水流灭顶，一个个窗口冒出了青烟。

火　篇

哎哟临危献身

　　两名歹徒在医院使出了纵火的恶毒手段，他们逃离医院后更加惊慌，又溜进了一座施工中的大厦，打算暂时躲藏起来。

　　正当消防人员搜索清除残火时，欧阳华率领特警战士以及郝胜、哎哟，又踏上了追捕歹徒的行程。哎哟在超市里已将两名歹徒定位，他们循着掌屏上的标志黑点追到了工地里面。发现两名歹徒行踪后，把他们围困在大厦一个高层阳台上。

　　在四面有持枪特警包围，无路可逃的情况下，歹徒仍很嚣张。那瘸子一只手抱着一个引爆装置，另一只手握住起爆压杆狂吼道："下边的人听着，我们要一架直升机和一千万现金！不然就炸毁大厦和工地！"

　　"我们安放了大功率炸药，赶快答应我们的条件！"歪脖子在旁边帮腔叫嚷着。

　　歹徒如此丧心病狂，欧阳华知道面临的是一场严峻的较量。他手握喊话筒和歹徒周旋，让其他现场指挥人员有时间磋商。

郝胜看到歹徒叫嚣的样子又气又急，他拉住哎哟小声商议："哎哟，团长给我们讲过引爆器的爆炸原理，大家也做过防爆演习，记得吧？"

"你有什么打算吗？"

"我们悄悄爬到坏蛋上方，出其不意猛跳下去——"郝胜做了一个"拔"的姿势。

"好，干吧！"哎哟同意。

他们迂回到大厦后面，登上高层，又慢慢爬到歹徒头顶的阳台边。下面的欧阳华看到了两人的身影，立刻想到了他们准备怎样做，便不动声色地继续向歹徒喊话，麻痹他们说："别乱来啊！你们提出的条件，我们可以答应，马上派人去取现金，调直升机……"

阳台上的瘸子听了，把引爆器放在脚旁。他抹了把头上的汗，掏出烟来，随手又拿口袋里的打火机。

郝胜看准时机喊一声："跳！"

一对小神兵从天而降。

"不好……"

守着引爆器的瘸子刚叫出声，就被哎哟从上面一脚狠踹在头上，跌倒在地。

郝胜敏捷地拔下引爆装置的压杆，向着阳台下使劲一抛。

突如其来冲下的两个孩子，竟把他们的好事毁掉了。瘸子气得肚皮要爆。他挣扎着爬起来，一手扼住郝胜的脖子，一手拔出了锋利的尖刀。

哎哟一看，扑上去就夺刀。瘸子举刀向哎哟乱戳。尽管几次都戳到了哎哟的心窝，却见不到他受伤和流血。瘸子看看闪亮的刀，一脸惊恐的神情。

这边歪脖子凑近瘸子，面露狰狞地说："扔他们下去——下面是高压线，一样能要他们的小命！"

"来，扔他！"瘸子发话。

他们动手抱住了郝胜。

哎哟冲上去朝歪脖子狠狠踹了一脚，把歪脖子的脖子踢得更歪楞。

两个家伙放下郝胜，一起扑向哎哟，死抓死搂地把哎哟抱起，向着阳台下狠狠一扔……

"不许动！"

特警战士举枪赶到，把两个歹徒按倒上铐。

郝胜冲过去向阳台下瞧，哎哟挂在高压线上已经被烧焦。

他不相信这是真的，但他马上想到他将再也看不到好朋友的音容笑貌。他哭喊着，向着两个歹徒拳打脚踢："你们还我哎哟！还我哎哟！"

又见"哎哟"

"少年特警团"的大旗又迎风飘动起来。大旗下响起整队的口令声。团员们报数报到一百而停，操场上的气氛悲痛而凝重。

欧阳华团长追述了哎哟的先进事迹，宣布追认他为"少年特警团英雄"，号召团员们向他学习。说到这里他把话一转讲道："请大家不要难过啦！我再给你们介绍一名新伙伴——"

在艾教授的陪同下，一位少年走到队列前。大家一看，少年的面容绝不陌生。

"是哎哟！"

"哎哟还活着！"

团员们都不敢相信自己的眼睛。

"他是 A2。"欧阳华告诉团员们，"详细情况，艾教授会讲给你们听。"

团队解散后，团员们高兴地围上前去。

郝胜一把拉住这少年，端详他，问艾教授："他不是哎哟（A1），为什么外貌和哎哟完全相同？"

艾教授介绍说："我研究哎哟二十年，存储了制作哎哟的全部资料。知道你们喜欢哎哟，怀念哎哟，就按照制作程序再造了一个哎哟。"

"这么说，他和原来的哎哟没有区别啦？"郝胜兴奋地搂住了新伙伴的肩膀。

"区别是有的。"艾教授告诉大家，"按照哎哟（A1）生前的愿望，我把他的阳刚指数调高了一些，减少了柔弱气质，而哎哟的经历也输入了这个 A2 的内存……"

"他还是哎哟！"郝胜强调，"我们还叫他哎哟！"

艾教授笑笑，对这个要求表示默认。

哎哟还在，哎哟没有离开大家，没有离开自己。这让郝胜最感到开心。

那天回家，郝胜讲起哎哟的牺牲，讲到哎哟奋不顾身救下自己勇斗歹徒的一幕，妈妈听得感动流泪，表姐哭得像失去了亲弟弟一样伤心哩。

现在好了，哎哟又在眼前啦！亲爱的伙伴别后重逢啦！

活动一结束，郝胜一把拉住 A2，满怀喜悦地邀请他："哎哟，你快到我家做客吧！我们全家对你特别欢迎。妈妈和表姐再一次见到你，不知道会有多么高兴呢！"

毒 篇 DuPian

毒　篇

哎哟的一课

　　这一天是"国际禁毒日"，少年特警团全体人员来到市中心展览馆参观"禁毒和打击毒品犯罪展览"。

　　进馆之前，欧阳华集合团员们讲话，他告诉大家，贩毒集团近期活动猖獗，市公安局部署对他们严厉打击，少年特警团奉命协同作战，希望团员们认真参观这个展览。

　　郝胜和哎哟随人群步入展厅。迎面有个围着象征铁网的花坛，盛开着的一株株红花娇艳欲滴。近看解说牌才知道，这种花就是罂粟，毒品海洛因就孕育在它的花苞里。这令人诅咒的美丽之花，使人联想到披着美女画皮的魔鬼。在接下来的展览中，团员们了解了从罂粟中提炼的毒品粉末，以及其他各种新型化学合成的毒丸毒剂。展览还警示近一个时期，毒品海洛因又有回潮泛滥之势，让很多人发生了心理扭曲，在人间上演了一幕幕悲剧。

　　一块块展板触目惊心，一桩桩案件由毒引起，一张张照片惨不忍睹，一个个家庭坠入地狱……团员们边看边用话卡扫描。哎哟随人流缓缓往前走，把每块展板的图片、文字都仔细看一遍。

郝胜一手拿话卡，一手碰碰哎哟："我说哎哟，大家都在记，你为什么不动手呢？"

"我在记呀，"哎哟笑笑，"我所看到的已被我的电子眼扫描，所有内容已存入我的资料库里。参观禁毒展是我的重要一课，我会珍惜这次参观学习的……"

当两人又走到一块展板前，郝胜忽然停住了脚，呆呆地睁大了眼。展板上有一个独眼人的照片，他是一个被通缉的贩毒集团首犯。

哎哟注意到伙伴的异样眼神，问道："郝胜，你为什么这样瞪着他看？"

"告诉你吧，哎哟，"郝胜愤愤而谈，"你几次去我家，为什么没见到我爸爸？我爸爸就是让这个大坏蛋给杀害的！"

"有这样的事，为什么？"

"我爸爸是药学家，专门研究戒毒药品的。这个毒犯叫马鸿，也是研究员。可是他贪图享受被毒贩拉下了水，从戒毒研究变成了制毒研究。爸爸发现了他偷偷制毒后，斥责他伤天害理。马鸿威胁要爸爸跟他一起制贩毒。面对尖刀爸爸毫不畏惧，搏斗中他用破试管扎中了马鸿一只眼，自己倒在了血泊中……马鸿从此成了独眼龙，靠着心狠手辣凶残奸诈，这坏蛋成了贩毒集团的黑老大。"

郝胜握着拳，望着展板上的照片狠狠地说："他是我的杀父仇人，早晚我要亲手抓住他！"

"我们一起来抓！"哎哟手指马鸿的照片说，"他跑不掉的，我扫描了他的图像生态光谱，存储了他的 DNA 排列指数。他今后整容变成了女人脸，我也能把他辨认出来。"

"那太好啦！"郝胜的神情由愤恨转为兴奋了。

他们正手指展板说着，欧阳华走过来问："你们在说马鸿吧？"

"是呀！"

"马鸿最近准备运一批毒品入境，他的一个贩毒下线已在我们的掌控中。"欧阳按住两名少年的肩膀，"你们要出击去执行一项任务了。"

哎哟追捕毒贩

　　欧阳华从局里得到情报：一名毒贩已来到市火车站，准备乘高铁到北部一地取毒品，然后贩卖。为不引起这名毒贩的怀疑，跟踪的任务就落到郝胜、哎哟两名少年的身上。

　　郝胜、哎哟迅速赶到火车站，在候车室按欧阳华所介绍的特征找到了嫌犯——一个猴瘦的挎紫色背包的中年人，此人肤色较黑，窄脸上忽闪着一对三角眼。

　　郝胜、哎哟认定了目标后，他们想到不能让这家伙溜掉。两人便说笑着从瘦猴坐的地方走过，哎哟随便一举手，用掌屏和瘦猴打了个"照面"。瘦猴成了一个锁定的黑点，在掌屏上显现。

　　候车室里人来人往。自上午来到候车室，瘦猴一直坐着不动。午后他才上了一列西去的列车。郝胜、哎哟悄悄跟着也从另一个车门上了车。

　　这个瘦猴，狡猾而多疑，坐在座位上，不时东张西望。

几个小时后，他在一个小站下了车，坐上另一列火车又往北行。

瘦猴上车时没发现有其他乘客，只看到两个小孩儿同上了一趟车。他进了一个软卧包间。郝胜、哎哟远远瞄着他，进了另一个软卧包间。

列车开动了，窗外已是一片夜色。

跟踪瘦猴跑了一天，郝胜又累又饿。他取出冰箱里的面包，撕开肉肠包装大嚼，又拧开瓶装水一通猛喝。

"你不渴不饿多好，"他扭扭脸说，"没这些麻烦事，也不用上厕所……"

郝胜喝呛了，一阵咳嗽。

"你慢点喝嘛，又没人抢你的……"

"喂，哎哟，你说，马鸿这会儿可能在哪儿？他想没想到我们正要捉他？"

见哎哟眼望掌屏，没有回答他，郝胜狠咬食物，好像拿在手里的就是他想咬碎的恶魔。

郝胜吃饱喝足了，往床铺上一躺："告诉你，哎哟，我已经设想了 N 种捉拿马鸿的场面，先说第一种……"

第一种没说几句，郝胜已经鼾声大作了。

"快醒醒，那瘦猴跑啦……"哎哟喊道。

郝胜翻身爬起，拉过哎哟的手一看掌屏，黑点在闪烁移动。

两个人推开瘦猴的包间，双层玻璃窗大开着。

"这家伙跳车啦！我们追吧。跳车!" 郝胜冲到窗前。

"这么快的车，你不能跳。" 哎哟拦住他，"你赶快向团长报告情况，然后接应我吧!"

哎哟一纵身，从火车窗口跃出，滚落到路基边。火车呼啸着远去了。

夜色如漆，周围是荒野。哎哟站起身来，看看闪烁着冷光的掌屏上黑点移动的轨迹，迈开双脚赶了上去。

跑在前面的瘦猴行动诡异，他专钻阴森的树丛和多刺的荆棘。哎哟跟在后面几次撞到蜘蛛网，还踩到了软滑的可能是蛇或是大蜥蜴的东西。

哎哟越追越近，已经看到前边的身影。这时前面出现了一片墓地。四周悄然无声。哎哟在树丛中看到瘦猴停下脚步，转回身，左听听，右看看，然后蹑手蹑脚摸到一块墓碑下。他又环顾了一下四周，开亮小手电，轻轻抽开了墓基上的一块砖石，里面是个小洞。他从洞中取出一块包着黄胶条的东西，放进背包。又从背包中拿出三捆钞票放到洞里，再用砖石堵好。手电光一熄，立刻不见了瘦猴的身影，碑旁和先前一样昏黑死寂。

哎哟走出来，寻到墓碑下去察看货款的位置。他忽然感到身后有个人影一闪，接着一块砖石拍砸在他头上。他趔趄了一下，转过身一看，原来狡诈的瘦猴并没有离去，他取放了东西后又隐藏起来观察动静。此时看到眼前只是个孩子，便冷笑着举着一把尖刀逼上前来。

哎哟不躲不闪，迎上去，一任那刀尖刺进心怀。

既不见流血，也不见倒下，怎么会有这样的小孩？瘦猴又惊又怕，松了手里的刀把："你……你是人还是鬼呀？"

"哈……"这回是哎哟向他笑了。

看瘦猴失魂落魄回身欲逃，哎哟冲上去朝他屁股踢了一脚。瘦猴嘴啃泥趴在地上，腰被哎哟一脚踩住："告诉你，我是孙悟空，专捉拿你们这些妖魔鬼怪！"

哎哟用瘦猴的鞋带儿拴了瘦猴的双手，再把他的双脚绑到一块儿。接着他扬起手掌，使用掌屏通信功能向欧阳华报告，嫌疑人已抓到，并说明所在位置。

欧阳华率队乘坐着几辆越野车飞速赶来，他让警员把瘦猴押上车，又在墓地周围部署了警力，等待送毒取款的人到来，以便将其擒住。

哎哟入毒巢

几天后，一名"送货"取钱者在墓地就擒。嫌疑人叫高喜，外貌文绉绉的，他戴上手铐后神态平静，如释重负。此人是怎样涉毒的呢？

欧阳华参加审判高喜。高喜完全配合审问，一五一十交代了贩毒罪行。他说自己家住乡村，本是一名教师，母亲患异症需要经常使用高价药，毒贩用一笔巨款把他引诱，让他参与了贩毒的勾当。高喜自知贩毒祸国殃民罪孽深重，表示如何惩处他都能接受。他还供出毒贩运毒想找个少年掩护，他家乡有个侄子，十岁出头，已经让贩毒集团看上了……

市公安局组织专家分析高喜的口供，对争取高喜合作做了可行性研究。经公安人员耐心教育，高喜决心戴罪立功，欧阳华又和艾教授几次磋商，一个"卧底"的计划逐渐考虑成熟。

艾教授对主角哎哟做了全面测试，设想哎哟行动中可

能会出现的种种不利问题，仔细寻找着每一点纰漏……

警员接来了高喜的侄子，在一处秘密驻地和哎哟一起生活，让哎哟了解他的性格和习惯……高喜接受完培训后，将哎哟带回到城里自己的住处。

这天，高喜接到通知，让他带侄子到指定处去。

高喜驾驶一辆轿车带着哎哟来到北城一片楼区，将车停在一座双星大厦门前。有人引他们进大堂登上电梯。升到三十九层，电梯门打开。高喜、哎哟被领着在楼层绕行了半圈，走进一间摆放有医疗器械的房间。

两个穿白大褂的人叫哎哟脱衣，说是给他检查身体。他们扭过哎哟的屁股细看。哎哟知道这是在检查胎记。看来毒贩们是了解高喜侄子的屁股上长有一块胎记的，而公安局细心的警员也注意到这个细节，为哎哟仿制了一块，不怕毒贩用胎记验明"正身"。

哎哟穿起衣服坐上扶手椅，一名"白大褂"把两根电线头卡上他的手臂，让哎哟回答"是"或"不是"，另一名"白大褂"提出一系列问题。

哎哟知道他面对的是测谎仪。艾教授早就为他输入了应对程序，所有问答都无一点破绽。"白大褂"再提不出新的问题，让哎哟离开了座椅。哎哟正想审查是不是结束了，猛听得屏风后面一声大吼："别装啦！"

一个面容凶狠的黑大汉扑到哎哟面前，他手握尖刀威逼哎哟问："你到底是谁？你从哪里来？快说！不说实话我一刀宰了你!"

哎哟装作很害怕,往站在一旁的高喜身后躲闪。

"算了吧,别吓着人家孩子!"

从屏风后又闪出一名女子。

哎哟抬头一看,这女人身材妖娆,着装华丽,身上散发着浓郁的香水味。

"让我看看你。"

女人拉着哎哟坐下,端详着哎哟的脸,满意地对旁边的人说:"这孩子让我喜欢,我留下他啦!你们看他长得清秀而有灵气,从现在起我叫他清儿啦!"

她伸出白皙的手,搂着哎哟的肩膀说:"清儿,你跟着我,我会疼你!"

哎哟的"体面之旅"

一列高铁由南向北飞驰向前。

列车上有一个豪华的带餐厅的大包间。一身名牌、小少爷模样的哎哟坐在餐桌的一头，被称作白兰的女人，仪表高贵地坐在哎哟对面。

餐桌上摆放着欧美大菜，换来换去的金银餐具格外耀眼。女佣男仆围在他们身后。哎哟知道这些人都是贩毒成员扮的。

两天前这一行人到达了中国南部一个边境城市。哎哟被人带着东游西玩，完全不知道同行的其他人都干了什么，他不想清闲也只能清闲。

哎哟随同这个团伙出行，和白兰以母子相称。他的用处是为白兰打掩护。所扮演的角色虽然尊贵，可在团伙里充其量不过是个伙计，也可以唤作"脚夫"。

返程时，有人把两个皮箱提到车上。哎哟凑上去测试，发现箱子里并没有藏毒。他们南行就是要携毒北上，毒藏在何处了呢？他必须查清楚。

吃过西餐大菜后，白兰拉着哎哟在沙发上坐下。

这年轻的女人脸露笑容，心情不错。哎哟想：她要拿的"货"可能拿到手了。

"清儿，"白兰拿起小镜子，用唇膏抹着，她问，"妈妈美不美？"

"美。"

"喜欢我这妈妈吗？"

"喜欢。"

"那你叫我——"

哎哟不情愿地张开嘴巴，生硬地叫道："妈妈。"

"你没有感情。"白兰摇摇头，"好啦，你会喜欢我这个妈妈的。来看看我给你买的礼物吧！名牌书包、名牌鞋帽，还有最新版的卡通播放卡……"

哎哟想探听毒品的事，他问："还有没有别的啦？"

"还给你买了一辆高档卡丁车……"白兰兴头上脱口说道。

哎哟撒娇喊道："让我看，我想看！"

"那可是个大件，"白兰告诉他，"已经寄存在行李车上了，到站下车再看好了。"

一天后，火车到站，这个团伙的人走到站台，将寄存的卡丁车包装箱抬出车厢。当哎哟凑上前，掌屏立刻有振动向他报警。他终于查明了毒品所在。

团伙的人提上那两个皮箱，装进一辆轿车驶去。哎哟知道这是用来迷惑人的。卡丁车则被装进一辆小货车里，哎哟连忙记下车牌和颜色。

看小货车关上门开出，哎哟冲进一个卫生间，他坐在马桶上，插好门，按动掌屏向市局传送短信，他知道警员正在等待他的情报。

哎哟按动马桶冲水阀门，推开卫生间小门，看到有人候在一旁，他一边系着皮带一边跑向等着他的白兰。

白兰拉着哎哟上了一辆高档轿车，驶向了高喜家。事情办完了，她把假儿子送还给高喜。

欧阳华率特警人员在一个交费路口截获了装卡丁车的货车。押回市局后，打开包装箱，拆开卡丁车，只见高纯度海洛因把四个轮胎和车管塞得满满的，清理后一称，重量多达十几公斤。

哎哟遭遇变故

毒贩们损失了一大批毒品。他们会甘心吗？他们会有什么新动向？这是欧阳华和公安局领导特别想知道的。

就在此时，欧阳华收到高喜发来的短信：毒贩通知他带上侄子再去双星大厦报到，说有事要出行。

欧阳华和市局方局长研究后认为，贩毒分子可能又要运送毒品了。借此机会，正可让哎哟探明毒巢内部情况，然后将毒贩一网打尽。

按毒贩的指令，高喜领着哎哟又上到大厦三十九层。一迈进上次进过的房间，哎哟马上感觉到了不对劲：白兰和她的随从不见了，室内围上来黑大汉和他手下一群人。

黑大汉眼露凶光瞪着哎哟看，又一步一步向他逼近。他伸出两手抓住哎哟的左手，让两指接触，先显现掌屏，让掌屏微缩，捏起来装在口袋里，狞笑着："押起他来！先审高喜！"

两名手下冲到哎哟身边，一边一个把哎哟按住，扭出

门来把他推进另一个房间，"咔嚓"从外面锁了房门。

这一切发生得如此突然，哎哟失去了掌屏，中断了与外界的联系。看来毒贩完全了解了他的根底，并且设好了圈套引诱他钻进去。

不管问题出在哪里，当务之急是想办法脱身。哎哟环顾室内上下，房顶一块盖板引起了他的注意。

他庆幸鞋子没被扒去，于是纵身轻轻登上墙壁。房顶盖板是为维修检查线路设置的，拧动推开它是轻而易举的事。

顶板上是四通八达的房架，哎哟不出声响地轻轻往前爬动。透过板缝可以看到下面一个个房室，他默记下每个房间的位置和毒贩的分布。当他爬到先前进入的那个室顶，不由得吸了一口凉气：高喜胸上插着一把尖刀，仰倒在血泊里……

这时顶架上有了声响，远处还有人影在晃动。哎哟想到是毒贩发现他逃跑追了上来。好吧，来追吧，一起玩玩"捉迷藏"。

哎哟轻巧的身躯时伏时跃，笨拙的毒贩虽然人多，可是追赶不上。偌大的楼层，低矮的顶架，那些家伙直不起腰，挪动不快，累得够呛。

有个毒贩身体沉重，一脚踩空，跌到房间地上，痛得大声号叫。黑大汉跑过来，喝令手下："你们都给我上去抓他!"

几十个人搬梯子都上到顶架，以四面合围的阵势仔细搜查。哎哟在房顶待不住了。他看到有间房内空无一人，便挪开一块顶板往墙下蹬踏。

哎哟双脚落地尚未站稳，这房间猛然打开了房门。门外有人举枪向他射击，枪筒里飞出一张网把哎哟缠裹住了。

哎哟被囚

哎哟落入毒贩的手中。

哎哟被捆绑在一个椅子上，他见到了图片上见过的独眼龙。

独眼龙马鸿走到哎哟身边，满脸堆笑说道："小家伙，和我合作好吧？我有很多钱，可以带你周游世界，遨游太空……你要什么，我就可以给你什么！只要你听我的……"

哎哟只盯着他的独眼看，一声不吭。

"你听是不听？"马鸿按住哎哟的肩膀逼问。

哎哟对他怒目而视。

黑大汉冲过来对哎哟又踢又打，可这在哎哟身体上全无反应，好比打在健身房的沙袋上。他忽然明白白费力气了，吼叫道："烧了他，往火里扔！"

"他没痛感，烧太便宜他了。"马鸿用阴险的语调说，"我要让他尝尝最难受的死法——去，给我拿多用电瓶来！"

手下的人去拿了。黑大汉不解地问道："大哥，电瓶怎么个用法？"

"我要用电瓶一点点抽光他的电能，如同从人身上一点点把血抽光。叫他知道我马王爷三只眼的厉害，看谁还敢对我马鸿不敬！"

电瓶取来了，连接在一台仪器上，以导线尖端插入哎哟的身体。

马鸿得意地发出冷笑："哼，门外留人把他给我看好了，让他一个人慢慢享受苦刑吧……"

房间的人都走了出去。哎哟的耳边变得寂静。

电瓶仪的扇叶悄无声息地转动。哎哟感到有股吸力向他袭来，他想躲却无力躲闪。

很快，哎哟感觉房间的窗口和门模糊变小，周围的景物旋转不停，好像有巨轮向他碾压，又像有只手伸进身体要把他的一切掏空……哎哟想挣扎着动一动，四肢却不知不觉变得瘫软，皱眉时连眨眨眼皮也感到沉重。无数条绳索已把他越拉越紧，身体坠向了无底的黑洞……

哎哟感到又一股毁灭感轰击着他，他的意识深处受到挤压。他想到了艾教授、欧阳华团长、团员们，想起了郝胜和他的妈妈、表姐……

此刻他们会不会想到自己？哎哟想会的——一定会想到他的！顿时，痛苦中一股暖流遍布全身，眼泪也挂在了他的脸颊上。

好想和亲人们再见上一面，好想和亲人们再说说话。

哎哟闭上眼昏迷了，眼前却浮现出郝胜妈妈的脸庞，并且关切地呼唤着他："孩子，孩子……"

哎哟喃喃回应着："妈妈，妈妈……"

哎哟脱逃

"孩子，叫我吗？你睁睁眼……"

在极大的痛苦中，哎哟感觉有人在亲切地和他说话。他费力地睁开眼，看到身旁站着白兰。

白兰割开捆绑哎哟的绳索，把哎哟豆粒大的卷缩掌屏又放到他左手手心。

哎哟两指本能地捻动了一下。

似乎快要窒息的人呼吸到了新鲜的空气，哎哟立刻有了活力。他知道掌屏上充有一些备用的电能。

"我来帮你逃出去，"白兰急切地说道，"门外的看守已经让我刺死了……"

"你和他们是一伙的，为什么要救我？"哎哟问。他的掌屏一连到身体，与欧阳华的联系也接通了。他问的，也正是欧阳华想了解的。

"我和黑大汉各带着一伙人，在团伙里争权夺势已有多年。上次南下损失了一大批毒品，马鸿大怒，他动用公安

局的内奸查找原因。"

"公安局有内奸？是谁？"哎哟忙问。

"就是缉毒处处长冯先。是他告密你是机器人的，他们把你诱捕了。黑大汉趁机诬陷我和你勾结，马鸿就对我的人进行残杀，还关押了我。我恨透了他们！我逃了出来，可是无路可走。我能做的就是弄回你的掌屏，帮你逃走……"

白兰急促诉说着，把哎哟搀到窗前，打开窗子，又把一个信封塞到哎哟的衣兜里。白兰和哎哟的脸贴得很近，她轻轻拉拉哎哟的手臂说："孩子，再叫我一声妈妈好吗？"

哎哟望望她，摇摇头。

白兰在哎哟的前额亲了一下。

"你去吧。"她叹了口气。

"砰"的一声响，房门被撞开。黑大汉带人冲了进来，白兰转过身举刀扑向他们。两声枪响，她慢慢倒在地上。

哎哟从大厦窗口往外一跨，头上抖开了一朵小花。折叠在后衣领处的降落伞打开了，他向着地面快速降下。

一辆敞篷轿车飞驶而至，驾驶车的是欧阳华。那掌屏回到哎哟手掌，信号恢复，欧阳华便知道了哎哟的准确位置，来接应他了。

哎哟轻巧地落到轿车内，欧阳华望了一眼身体虚弱的哎哟，顾不上说话，驾车疾驰而去。大厦里的黑大汉看哎哟坐车逃了，指挥他的人驾车追赶。

　　欧阳华驾车在楼区东折西拐奔突，他远远看到有辆闪着警灯的警车横在路中央。欧阳华认出那是冯先的专车。白兰说的话传到他的接收机上，欧阳华已然晓得冯先是什么货色。他佯装不知，减速靠过去，好像要停下，却突然一踩油门，擦着冯先车尾部猛冲而去。冯先的警车也加入了追赶的行列。一场公路飙车大战就此展开，斜拉桥、大隧洞等处的探头都记载了车辆风驰电掣狂奔的场景。

　　欧阳华按市局领导的指挥，驾车向前。奔驰中他看到通往市郊的路上出现了大批荷枪实弹的武警，有一名武警挥小旗让欧阳华的车从留出的通道中穿行过去。追赶的车只能戛然而止，无奈地掉头而回了。

　　欧阳华继续疾驰，把车开到艾教授的住处。他从车上抱出哎哟，放在座椅上让教授为哎哟紧急充电。

　　哎哟向欧阳华指指自己的衣兜。团长从里面取出白兰放入的信封，打开一看，是一纸忏悔告白：

　　　　爱慕虚荣，上了贼船。

　　　　失去亲情，心受熬煎。

　　　　不人不鬼，悔之已晚。

　　　　勿入歧途，以我为鉴。

哎哟锁定毒枭

　　哎哟第一次进入双星大厦前，市公安局已发现大厦里窝藏着一个贩毒巢穴。通过哎哟两次进入毒巢探查和其他侦查，公安人员已完全掌握了贩毒团伙的人员和分布。

　　在严密包围了双星大厦后，一场围歼毒贩的战斗骤然打响。特警队员迅速扑向毒贩藏身的几个楼层。

　　欧阳华让郝胜、哎哟一起参战。哎哟还有个重要任务——辨认马鸿并把他牢牢锁定，这次绝不能再让他逃掉。

　　大厦中的毒贩负隅顽抗，几个楼层响起了枪声。直升机载着特警队员破窗而入，用精良的武器向持枪的歹徒发起强攻。几名毒贩钻到房间顶架上，打冷枪骚扰，制造混乱。哎哟对房架环境熟悉，他带着战士围追堵截，把钻到房架上的毒贩捉了个干净。

　　哎哟被白兰放走后，冯先知道他已暴露，只好留在马鸿身边。这时他和黑大汉劫持了一名女清洁工，退到一处步行楼梯间。他们把刀刃横在人质脖子下，不让特警战士上前。欧阳华赶到这里，面对突发情况，他实施了特殊攻击，掏出一颗震荡弹，向歹徒投去。

一声轰隆巨响，一道强光刺眼。冯先和黑大汉被震得晕眩倒地了。被劫持的女子也晕倒了。一名战士背上她去找医生救治。欧阳华想把两个要犯铐起来，由于他只带了一副手铐，便拉过黑大汉的一只手用一只手铐铐上，把另一只手铐穿过楼梯的钢扶手，拉过冯先的一只手铐上。两个家伙被一起铐在楼梯处了。

郝胜匆匆跑来告诉欧阳华："团长，上面那层发现了马鸿的踪迹……"

"快追！"

团长一挥手，带着特警队员冲向楼上。

被铐在一起的黑大汉和冯先苏醒过来，他们想动，却发现被铐在楼梯上。冯先一脸惊恐的神情，黑大汉急得乱跺脚。

一个眨着一只眼的人溜了过来，原来这马鸿并没在楼上，而是躲在了一边的角落。

被铐住的两个人几乎同时看到了马鸿。

"快救我！"冯先喊。

"快救我！"黑大汉也喊。

马鸿走近他们，可是手铐打不开，钢扶手的楼梯也动不得，他又不能在这里多有耽搁。

马鸿从地上抄起一把长刀。

只能剁一个救一个了。望着两个人乞求的眼神，剁谁？救谁？他在选择。

马鸿朝黑大汉咬了咬牙，一刀却斩向了冯先的手腕。

撕心裂肺的一声惨叫。

马鸿扔下带血的长刀。

黑大汉甩动着三只手，追在马鸿身后狼狈而逃⋯⋯

欧阳华带人返回到步行楼梯间，发现少了一只手的冯先因失血过多已经丧命。这个见利忘义投靠毒枭的人，为他丑恶的人生画上了句号。

缉毒指挥部此时发出指令：封锁出口不让毒贩逃掉。郝胜、哎哟随队守候在大厦的旁门外面。

"我的仇人马鸿会在这里出现吗？"郝胜小声问着哎哟。

"也许会，也许不会吧！"哎哟不敢肯定。

"我可希望他出现，我想亲手抓住他⋯⋯"

郝胜正说着，从二楼的一个窗口跳下一个人，用一只眼环顾四周，另一只眼紧闭着。

郝胜看到他，没有多想，向他猛扑过去。

那人一见，撒腿就跑。

哎哟看着那人的背影，感觉不对，但怕郝胜吃亏，也追上去。欧阳华发现这边有情况，指挥警员四面合围⋯⋯

侧面围上来的警员把逃窜的人扑倒、按住。他的两只眼睛一起睁开了。

"我们快回去！"哎哟拉一下郝胜。

"都怪我……"郝胜也明白上当了。

他俩正向旁门靠近，旁门里闪出两个人，快步奔向停车场。

"是马鸿和黑大汉！"哎哟判断。

"抓住他们！"郝胜边追边喊。

那两个人钻进一辆轿车，疯狂地闯过了封锁的路障。

郝胜跳上一辆摩托车，载着哎哟，加大油门在后面紧追。

哎哟殊死搏斗

　　毒贩驾驶的车向前狂奔。郝胜开着摩托车奋力追赶。哎哟扬起手掌锁住前面跑的车点，向指挥部报告毒贩的位置。

　　逃窜和追逐的两辆车从市区一前一后跑到郊区，又上了一条盘山公路。

　　指挥部指示郝胜、哎哟继续追踪，特警队正在实施包围。通话间依稀见到远处山路警灯闪烁，已有警车向着前方迂回。

　　逃窜的轿车冲向一条岔路。郝胜一拧车把在后面跟住。前面是火车道口，一列高铁急驰开来，毒贩的车突然加速强行闯过道口。

　　只差一点点列车就和轿车相撞。可是驶来的列车却把摩托车阻挡在道口。一节节车厢过个没完。车轮碾着郝胜的心啊，这讨厌的不该来的列车！

　　当最后一节车厢闪过，摩托车像箭一样飞了出去。那毒贩的车已没了踪影。好在哎哟的掌屏上有清晰的车迹移动。

郝胜开着摩托车追到一座山前，他和哎哟看到一个意想不到的情况：两名歹徒钻出轿车，跑向一块空地。空地上停着一架直升机，顶部的螺旋桨正唰唰旋转。

原来毒贩是有空中接应的。郝胜在惊诧间看到飞机上的驾驶员在向毒贩招手，两名毒贩忙向舱门里钻。

随着螺旋桨扇得尘土弥漫，飞机晃动着离开了地面。就这样让毒枭在眼皮子底下逃掉吗？郝胜和哎哟当然是心有不甘。

郝胜猛拧车把直冲过去，哎哟跃起一把抓住飞机下部的轮杆。

飞机升起来了，哎哟悬在半空。这可真像《007》大片。

哎哟一个躯体翻身进到机舱内，马鸿、黑大汉一见，都扑过来。哎哟上躲下闪左踢右踹，机上三个人扭打在一块儿。

"把他扔下去！"驾驶员大喊，"俩大人还弄不过一个小孩子！"

哎哟听他喊叫，猛地甩开缠斗的两个人，扑向了驾驶员，一把把飞机的操纵杆攥住。

这是掌管飞机升降平衡的要件呀，驾驶员赶紧和哎哟抢夺。那两个家伙也发狠地拉扯哎哟的手。

哎哟抱紧杆柄死不松开，双手就像焊在杆上一样。

三个家伙都吓傻了。

直升机失去控制，斜着机身向地面栽下去……

马鸿抓住黑大汉发出一声绝望的号叫。

驾驶员急按电钮弹出了机舱……

直升机轰然坠地，一团大火冲天而起。

大批警车赶到了，警员扑灭了烈火。烧毁的机舱中有三具残骸。

马鸿、黑大汉的尸体经辨认后被移开。另一具是哎哟的，虽然烧得面目全非，却展示出悲壮。尽管他身体已经变形，两只手仍抓在操纵杆上。

警员一起脱帽，向哎哟致哀。郝胜流着泪喊叫着："哎哟，你为我报了父仇！你不会离开我们的！我们还要在一起……"

欧阳华率队检查了现场，发现从飞机上弹出的驾驶员不知去向，便报告指挥部，请求下达缉捕令。

迎候哎哟

离开了直升机坠毁现场，郝胜并没有径直回家，向母亲报告杀害父亲的仇人马鸿已死，大仇已报，而是骑摩托车先奔向了艾教授的家。

艾教授从欧阳华团长打来的电话中已得知了哎哟英勇献身的事。教授默坐在沙发上，想起和哎哟朝夕相处的时光，环顾周围，心里空落落的。哎哟凝聚了他太多的心血，是他的爱子。失去了爱子，他怎能不感到心情沉重呢？

门铃一响，郝胜找上门来了。

"艾教授，请你赶快再给我们一个哎哟吧！"少年要求，"少年特警团需要他，这是我们大家的愿望！"

"好，我考虑考虑……"

"考虑什么呀？"

教授招手让郝胜坐，郝胜仍站着大声讲："A1 牺牲后，不是就有了 A2 吗？快造呀！"

教授叹了口气，拉郝胜在沙发上坐下，开导他说："你

以为制机器人就像做月饼一样，和了面调好馅儿用模子一压、用烤箱一烤就出来了吗？如今的机器人有思想、有感情，属高精尖技术。像哎哟这样的少年特警机器人，还列入了国防装备序列呢，在国家公安部都有备案。每研制一个都要申报、审批，还要有很多部门的通力合作……"

"那么复杂呀！"郝胜着急地喊着，"A2 不是很快就出来了吗？"

"我使用了差不多三年时间制成 A1。有了 A1 的线路图及配件资料，制 A2 就容易了，那也用了一个多星期……"

"您说吧，什么时候能让我见到哎哟？"

"最少三天。"

"好吧，教授，我能帮您做些什么吗？"

"看来是帮不上什么……"

第二天一早，郝胜又来到艾教授家。他打开一个大背包，把馅饼、比萨饼、烤肠、面包、豆浆、热咖啡……摆了一桌子。他告诉教授："技术上我帮不上您，您的伙食我包啦！您先吃早餐吧，午餐我也有安排。"

"你知道我爱吃什么？"

"我妈妈交给我一张信用卡，中餐、西餐，甜咸酸辣，您爱吃什么口味，我就联系餐馆，给您送来，总有一款适合您……"

"这么说我是有口福啦。"

教授笑着拿来餐具，叫郝胜和他一起吃。他喜欢上了这个心急、爽快、有个性的孩子。

在郝胜的"督促"下，艾教授的申报、制作很是顺利。第三天上午，有着熟悉的哎哟外貌的全新机器人已装配完成。

艾教授与郝胜把机器人抱到床上，为他充电。

郝胜望着他，像望着睡眠中的好伙伴、好朋友。

当艾教授取下充电的插针，一个新的哎哟睁开了眼睛，走下床来。

"哎哟，你好！"郝胜兴奋地叫。

"郝胜，你好！"哎哟亲切地叫。

两个人像久别的兄弟，热烈拥抱在一起。

禽篇 QinPian

哎哟查车

这是市郊通向塞外的一段国道。一队特警队员佩戴着"执勤"的袖标，在路边设卡拦下货车检查。

正值学生放暑假，少年特警团组成了一个十几个人的少年特警小分队，包括哎哟在内，由郝胜带队协同参加查车。

查车指挥欧阳华在部署任务时介绍说，近一时期这段国道上走私活动猖獗，犯罪分子在货车上藏匿鸟禽等国家保护动物，运往国外，卖给富人，牟取暴利。从现在起就要对这种偷运活动进行坚决打击。

少年特警团各就各位。他们身穿迷彩服，头戴灰绿色帽盔，显现出威武精干的模样。有大货车开过来，小队员举起一个写有"停"字的牌子。货车停在路边，打开车门，两名特警和哎哟登车检查。哎哟的掌屏上有热感应显示报警功能，货车堆放的货物中有动物活体，屏面检测到就会振动报警。

69

在检查了多辆车后，哎哟登上一辆运竹笋的货车。他把张开的手掌向码放整齐的箱缝处一伸，屏面立即有"嘟嘟"的报警声响起。随同上车的特警发出信号，车下的特警控制住司机，又有几名特警上到货车上搬动包装箱。

一番检查后，查到四个包装箱内藏有活体。打开一看，两箱各装着三只哈里斯鹰，另两箱里装的是七只黑雕。

欧阳华闻讯跑过来，查看装在箱中的鹰和雕。虽有透气和恒温设置，一只只关在狭小空间的鸟仍萎靡不振，有的已经是半死不活状态，拉它翅膀也没有反应。

"这就是鸟贩子干的好事！"欧阳华恨恨地说。他告诉身旁的郝胜、哎哟，"哈里斯鹰是一个矫健的鹰种，它形体健硕，不但善于抓捕鼠、兔，还能捕杀山猫、小狼、狐狸、野猪等小兽。这种鹰从空中俯冲扑向猎物，一爪抓背，一爪抓头，用铁钩状的尖嘴啄眼，锐不可当。黑雕更是厉害，身长一米，在南亚森林专门捕杀猴子、鹿、獐等兽类。可这些天之骄子落在了鸟贩子手中，十有八九都难逃一死。"

"鹰都死了，贩鹰的不是赔本了吗？"郝胜问。

"每次只要活着运出一两只鹰，鸟贩子就能赚上一笔，他们才不管死了多少呢！"

"这四箱动物怎么处理呀？"

"送动物救助站。"

欧阳华说着，掏出话卡联系。

很快，一辆挂有绿色标记的救助站车子驶来。从车上

下来一位身穿绿工装的女子，她查看了箱中的鹰和雕，让人把四个箱子搬到她的车上，然后笑着拍拍欧阳华的胳膊说："我拉走了，收条回家交给你。"

"公事公办，你记得盖公章哦。"

看来团长和这女子好像有着不同一般的关系呀。

跟在欧阳华身边的一位参谋看郝胜、哎哟纳闷儿的神情，介绍说："这女的叫金霞，是团长的亲密爱人。"

"真的？团长为什么要找个做救助动物工作的妻子呢？"郝胜不解地问。

"这没有什么不合适呀！"哎哟笑他。

"说起他们的相识，还是一只鸟做的媒人呢。"好说的参谋讲道，"一次特警部队完成了训练徒步下山，团长看到草丛石缝处有只大鸟惊慌地扑腾着翅膀，跑过去抓住了鸟。一看，鸟的一侧翅根处受了很重的伤，血水浸湿了羽毛。这鸟抱在他手里，身体在颤抖。团长猜想它一定很痛，但鸟却一声不叫。他很佩服鸟的坚强。把鸟抱下山后，团长联系了动物救助站，把鸟送去救治。接待他的女站长金霞告诉他，这种鸟叫紫鹬。她看鸟的主羽折断了，就把鸟收治了。以后团长向金霞打听紫鹬伤情，金霞告诉他紫鹬伤势好转，只是这鸟爱吃一种青蛤，搞不到。这下我们团长可有事干了，先是去卖水产的集市寻购青蛤，可总是空手而归，后来他听说市郊有个水塘里生长青蛤，不怕天寒下水去捞，几次把一包包大大小小的青蛤送到救助站。金站长把大蛤的肉剥出来喂紫鹬吃，把蛤壳和小蛤磨碎，拌入肉饲料，为伤鸟补钙。几个月后紫鹬伤愈了，团长和金霞用车把紫鹬拉到郊外放飞。他们把紫鹬从车里抱出来，等待它飞走。可能是团长常提着青蛤去看它吧，加上金霞的细心疗伤喂养，这鸟围着团长和金霞绕圈子，轰它也不肯离去。你们猜怎么着，平常不善言辞的团长忽发灵感，对金霞说：'这鸟绕着我们转圈儿，是在说它不愿意离开我们，它也不愿意我离开你！'金霞说：'你坏。'不久他们就高高兴兴地领了结婚证，两人从此成了一家人。"

"金霞很会为动物治病吗?"郝胜问。

"她是国家名牌大学生物系博士生，对动物有系统研究，尤其喜欢研究鸟，对各国的鸟了解得可多啦！"参谋继续说，"有一次听她讲，奥地利有一种裸鸟，只在头部和翅膀上生有一些羽毛，鸟身大部分是光秃秃的。秋天时，这种鸟会把棉田的棉絮采回窝。天一冷，鸟身上会分泌一种黏稠的液体，鸟往棉絮上一滚，就穿上了一身棉袍，足以抵御冬季风寒。天暖后，这鸟又能分泌一种液体，溶解黏液，脱掉'棉袍'，恢复身体光秃的原貌。她还讲，在墨西哥有一种奇特的会飞的鸡，它的两个翅膀下各长有一个像口袋的肉囊，遇到危险，雏鸡会钻入囊袋，让大鸡载着它们逃离险境。这种鸡不但能飞翔，还会潜水哩！"

"嘿，是挺有意思的。"郝胜和哎哟都听得津津有味。

他们正说着，欧阳华送走了救助站的车，走向他们这里。这时一名战士跑来向欧阳华报告，另一队特警队员使用透视仪，查获一批走私的珍稀蝴蝶标本，这属于国家二级文物。

"好，今天很有战果。"欧阳华兴奋地一挥拳，"我们要继续严细查车！"

两天后，欧阳华和特警队员拦下一辆运水产的货车。水箱中游着活鱼，哎哟上车后，屏面热感应振动报警并没引起查车人怀疑，车上有活鱼嘛！欧阳华上车后，看看水箱里游动的鱼感到了不对劲。车上是些普通河鱼，何必要长途贩运呢？

欧阳华果断地让战士把水箱全部搬下车。哎哟站在空荡荡的车厢里，掌屏仍然在振动报警。欧阳华和身边的警员仔细查找，终于发现车厢装有夹层。撬开板壁后，一排透孔的木箱显露出来。打开木箱，里面关着一只只鹦鹉。随同查车的海关人员说，这些鹦鹉属产于南亚的彩虹鹦鹉，是非常著名的观赏鸟，因脖颈处羽毛颜色不同分为蓝色、绿色、红色等彩虹鹦鹉品种，鸣叫声清脆而洪亮。欧阳华拿起一只鹦鹉，听到的却是惨叫声。

"这么难听啊！"一旁的郝胜咧嘴。

海关人员接过鸟，检查了一下鸟体，告诉欧阳华说："这鸟的胸骨被故意捏骨折了，它是因疼痛而叫得凄

73

惨……"

"谁这样残忍呢?"郝胜问。

"就是那些鸟贩子呀,"海关人员又看看别的鹦鹉,"大部分都受到了残害!"

"鸟贩子为什么要这样做呢?"哎哟也弄不明白。

"心黑手狠的鸟贩子弄残了鸟,买主买回家去,养不多久就会死掉,买主会再买,鸟贩子于是可以多赚钱。"

"太伤天害理了!我们把这些可怜的鹦鹉怎么办呢?"郝胜又问。

"救活救不活也要先送动物救助站……"

欧阳华说着一抬头,发现后部车门上方隐蔽安装着一个摄像探头,这当然是走私集团设置的。不用说,刚才搬出鱼箱,根据哎哟报警显示查找到夹层藏鸟的影像,已经通过网络传送出去了。看来走私集团是有一定组织、规模的,不容小视。

欧阳华把发现的情况上报市局后,经审问偷运走私动物的货车司机,查找上线,又经联系国际刑警组织,了解到在这段国道进行走私和非法贩运动物的是一个组织严密的犯罪集团,这个团伙用其非法所得资助着一个国际恐怖组织,并与其保持着密切联系。走私犯罪集团其中一个重要头目叫马龙,是毒枭马鸿的侄子,即接应马鸿时开直升机的驾驶员,飞机坠毁时被他逃脱。这家伙如今在境内外

流窜，使用高科技，大肆走私偷运动物。欧阳华知道这是一个狡猾而强硬的对手。马龙这两次虽然失手了，可他绝不会善罢甘休。走私珍稀动物和贩毒一样都有着暴利，马龙一伙肯定会卷土重来。

哎哟和观鸟团

哎哟几次到郝胜家度周末，对郝胜的家人越来越熟悉。他还了解到郝胜的表姐小云非常喜欢鸟儿。小云在笼子里养了一只鹩哥。这鹩哥有着一身黑亮的羽毛，脖颈处、喙和脚爪是鲜黄色的。它十分乖巧，会学说人语。小云为它取名"巧巧"。

一次，小云拉着哎哟到鸟笼前："巧巧，你给朗诵唐诗：日照香炉——"

小云起了个头。

鹩哥歪歪头，张开小嘴念道："日照香炉生紫烟，遥看瀑布挂前川。飞流直下三千尺，哎哟是个机器人。"

小云听到第四句不对，嗔怪道："巧巧，不许乱说。你念一首五言诗：床前明月光——"

鹩哥接口念出："床前明月光，疑是地上霜。举头望明月，哎哟——机器人。"

小云一听，指着鹩哥斥责："你这个坏包，今天怎么成

心捣乱呀！对客人不礼貌……"

哎哟看身边的郝胜母亲和小云神情有些尴尬，笑着说："巧巧没说错，我本来就是机器人嘛……"

鹩哥赶快接茬儿："本来嘛，本来嘛！"

一家人都被它逗乐了。

小云养鹩哥的笼子放在客厅里。她住的房间阳台上还设有一个"鸟餐桌"。在敞开的窗下石板上，她放置了小米、碎玉米、面包渣，还有干净的水。每天一早都会有麻雀以及鸽子、喜鹊等鸟儿进出窗口啄食，叽叽喳喳，生机盎然。

小云爱鸟，加入了网上发起成立的一个爱鸟俱乐部。俱乐部经常组织开展爱鸟活动。一项周末亲友观鸟团的活动也确定下来了。小云邀请郝胜和哎哟参加。郝胜本打算和哎哟去登山，听说观鸟团团长是金霞，便说："参加，参加。正好可以听金霞讲讲有趣的鸟的故事……哎哟，你也想听听吧？"

"想听。"哎哟点头。

这是个周六的清晨，一辆大轿车载着金霞率领的观鸟团驶向了北郊。在高速路疾行了一个多小时后，轿车盘山而下，停在一个低洼处，由当地人把观鸟团一行人领向一大片与水库相连的广袤湿地。观鸟团的人分散开，在山坡、岸畔支起摄像机三脚架，举起望远镜向前方芦苇、水滩探望。

这里环境幽雅，水清天蓝，周围树林和苇叶一片碧绿。鸟儿真多呀，红嘴鸥、仓鹭、凤头青鸡都不怕人，不时落在附近大树枝头，又追逐着飞去。迈动长脚的灰鹤和大嘴巴的鹈鹕在浅水处寻找着自己的美味。远处水面上游动着优雅的白天鹅、黑天鹅。从头顶飞过的还有金色的鹂鸟，叫声悦耳的百灵、柳莺……

小云和郝胜、哎哟一起观鸟，她叫得出很多种鸟的名字，还能辨认鸟儿建在树上的鸟巢。看着看着她忽然有了灵感，扬起手指在话卡上写起来。

金霞走到她身旁："在写什么呀？让我看看——"

"我想表达一下观鸟感想……"

"嗬，写的是诗呀！不错，不错，我给你朗诵一下——"

金霞咳嗽一声后念道：

你们在蓝天舒展翅膀，

你们从不怕雨急风狂。

你们像精灵飞落随意，

你们把活力传播四方。

鸟儿啊，快乐地生活吧，

爱鸟的心托着你们翱翔；

鸟儿啊，自由地来去吧，

请带上我的祝福和诗行……

“这诗写得真好，”金霞问小云，“你还喜欢写诗呀?”

“我的姨妈是作家，和她一起生活，还是受到了一些熏陶。”小云笑着说道。

听到小云这样说，哎哟用手捅一下郝胜：“你是作家的儿子，更会受到熏陶，也能写诗吧?”

“我?”郝胜摇头，“不但不知道诗是怎么回事，连作文也得不了高分。我郁闷呀！看鸟，看鸟……”

中午，观鸟团在当地农家院吃了午餐，下午游览了泉洞，坐竹排漂流了河溪，坐轿车又去一个古镇参观。

古镇上房屋建筑古色古香。一条大街熙熙攘攘，店铺两厢排开，出售的土特产琳琅满目。

观鸟团的一队人走到大街尽头，见空地上围着一些人。凑上前去看，只见地钉上用绳索拴着鸡、鸭、兔子、松鼠、刺猬、野鸡等一些小动物。有个光膀子的强壮汉子大声吆喝：“射箭啦！射箭啦！射中就归你啦！一元钱一箭，两元钱三箭……”

郝胜拉哎哟挤到前面看，发现这是个以射杀动物为乐的生意摊。一个地钉处留有血迹，说明有的小动物已经遇害了。

看着那些拴在地钉上的动物畏缩、无助、可怜巴巴的样子，郝胜忍不住对拿着弓箭的摊主说：“你这是在残害动物、虐待动物……”

“别给我乱扣帽子啦！”那男人冷笑道，“我这是有偿竞技游戏！”

金霞从人群中闪出，告诉摊主："你做的事是违法的，把小动物都放了吧……"

"你们不玩就走开，别碍我的事。"摊主蛮横地嚷叫道，"谁要和我过不去，敢砸我的饭碗，我就砸破他的头，砸花他的脸……"

这家伙说着抡起一根铁棍，砸在一旁的树干上，砸得树皮纷飞。

郝胜和哎哟商量了一下。哎哟走到拴白兔的地钉前，掏出钥匙链，用上面的小刀割断绳索，抱起小兔转身跑向一旁。

"给我放下！"摊主提着铁棍追去。

哎哟抱着小兔不停地跑着，摊主提着棍子紧跑快赶地却总是追不上。哎哟上山下坡，看摊主落远了，还蹲下为小兔挠毛，等摊主追近了才又跑开。追了又追，把摊主累得气喘吁吁。他忽然想起扔下的摊子，便不再追哎哟，急急往回赶。

这摊主跑回到自己摊前，所有拴在地钉上的小动物都不见了。弓还在，箭杆折断了。弓弦上拴了一个纸条，他取下一看，上面写着：

伤害动物，

大逆不道。

再不收手，

必有恶报！

摊主失神地跌坐在地上。

此刻，奔驰的大轿车里，观鸟团的人则兴奋地说着整治摊主，放走小动物的事，感到大快人心。

轿车停在一处乡村酒店前，观鸟团的人要在这里住宿。

这酒店四面被一条溪流围绕着。人们进入酒店大门时，要迈过二尺宽的流水，流水上没桥，横在脚下的是一个大石凹，里面用铁链锁了一只活的大龟。进酒店的人都要踩龟背而入。门前有两名身着盛装的小姐喊：

"脚踩龟背，荣华富贵！"

"脚踩龟背，长命百岁！"

黑压压的一群人拥上来，郝胜看到卧在水中的龟，可怜又无奈地翻动着两只小眼向上看着。有人踩上它的背跨越而过时，它的身体就会哆嗦一下。

"这也是虐待动物呀！"郝胜和哎哟嘀咕，然后又和金霞说，"应该和经理交涉！"

观鸟团的人纷纷跳过溪流。金霞和两位年纪大的人进酒店找经理。矮胖的经理听明白了客人的来意，爽快地表示："踩龟的做法的确不好，明日一早就把龟放了。"

金霞等人走出经理室，一名酒店服务员凑到金霞身边，悄悄说："经理是骗你们的，他不会放龟……他已经答应杀龟为一个富豪设宴庆寿，订金都收啦！"

"原来是这样呀。"

金霞拉过郝胜、哎哟，商议要尽快解救大龟，并想出了办法。

吃过晚餐后，观鸟团的几个人来到大堂。一个人假装醉酒，和其他人骂骂咧咧，然后拉扯在一起。他们大呼小叫、乱哄哄的表演吸引了大堂保安和服务人员的注意，连门前的保安也跑回店内。

早已溜到店外的郝胜、哎哟和观鸟团另两个年轻人快速走到石凹前，哎哟用钥匙链上的万能钥匙捅开了锁大龟的锁，扯开链子。大龟又大又重，加上它躲闪挣扎，半天也没能把大龟从石凹中抬出。他们知道大堂的闹剧演不了多久，在这里耽搁不得。哎哟一把抓住了大龟的头，郝胜和另一个人跳到溪水里，连拉带拽，总算把大龟弄到地面，又放进一个大的拉杆箱中。

几个人拖着箱子一路小跑，再放到大轿车上拉走。

酒店前的石凹空了。曾经锁在石凹里的大龟被放到了一处溪水环绕的幽静山林里。

哎哟失踪

　　每当哎哟回到艾教授身旁，这一老一少关上房门后并没有太多的交谈。艾教授问问哎哟在外面做了什么后，就会走进自己的书房兼工作室，翻看书刊资料，上网搜寻国内外电子信息，了解机器人研究的进展，再也考虑不到除了他的事业之外还有其他什么事情。被放在一旁的哎哟呢，他虽然可以看电视、听音乐、玩电脑游戏、上网下载大片浏览，但独居一室缺少与别人的语言交流，自会有孤独、寂寞之感。他盼着周末到来，周末可以到郝胜家去，和郝胜一家人说说笑笑，逗逗巧巧。这对哎哟来说，才算是一段温馨美好的快乐时光啊！

　　这个周末下午，哎哟又敲开了郝胜的家门。一进客厅，哎哟看到在挂着鹦哥的墙对面，多了一个精致的鸟笼，里面有一只颜色娇黄的小鸟。小鸟歪着头，斜着眼睛看着哎哟。

　　"这个鸟真漂亮，哪儿来的？"哎哟问。

"楼下人送我的。"小云回答，"一楼搬来一位满头银发叫萧洒的老阿姨，她家养了好多只鸟，知道我也爱鸟，就送了我这只金翅鸟。"

"它爱叫吗？"

"刚才还叫了呢，可悦耳了……"

"悦耳什么呀？我听着吵。"郝胜一拉哎哟，"别看这鸟啦，跟我看大片吧。"

郝胜把哎哟带到小客厅，这里有一套家庭影院设备。哎哟一坐稳，就观赏到了郝胜新购的卡通片。

小云也来到小客厅，坐下看了一会儿。卡通科幻片里演的是太空人入侵，地球人奋起反击。银幕上战机坠毁，金属碰撞，逼真效果的射击、轰炸音响，叫她承受不了。她离开了，和姨妈说说话儿，回到自己房间看童话书。连她自己也不知道是看到几点熄灯而睡的。

天色蒙蒙亮时，阳台上一阵急促的鸟叫声把小云惊醒。小云起身走过去看，呀，是一只红颜色的小鸟，肉嘟嘟的身体红得像一团火，只有尖嘴和脚掌是浅黄色的。小鸟叫着，扑棱着翅膀在阳台石板上行走，它的一条腿伸不直，拖拉着。它受伤了。

小云推开阳台的门，伸手去抓鸟，要救治它。几次捉过去，都被小鸟躲闪着逃开。小云把小鸟堵在一个角落，到底把它拿在手里，正想仔细看看小鸟的腿伤得重不重时，小鸟再一次从她手里挣脱，从阳台敞开的窗口跌下……

　　窗口距地面有十几米。小云探头向窗下望去，还好，小鸟挂在了楼边大树的树枝上，还在叫着。

　　小云急忙穿好外衣，出房门跑到楼下。小鸟看她跟到树下，一抖翅膀飞起，然后跌落在地。小云赶紧追过去。小鸟又飞，小云再追。

　　街上，车辆和行人稀少。

　　小云一次次要把小鸟抓到了，这鸟好像是要捉弄她，偏又能逃走。小云急得喊："别跑，小鸟，我要看看你的脚伤……我要救你……"

　　小云追鸟追得脸上冒汗了，不知不觉跑过了两条大街、一座广场。

　　当小云追赶小鸟来到一幢大厦前时，小鸟钻进了倾斜而下的停车库门洞，小云跟随着追了进去。里面是很大的空间，一排排停了很多轿车。小鸟鸣叫着飞落在车堆里，钻到一辆车下。小云赶过去，却再也寻不到小鸟的踪影，也听不到鸟叫声。

　　"有人吗？有人吗？"

　　没人回答她。这下她后背都流汗了，流的是冷汗。

　　在无助中，小云一摸裤兜，有话卡。"幸亏带着它！"她赶紧掏出来，拨打郝胜的话卡号。

　　郝胜看卡通片，玩游戏，直到半夜才睡。从话卡里听到铃声和小云的语音，得知她捉鸟进了一个车库，出不来了，便翻身爬起，安慰她说："姐，你等着，我和哎哟去帮你!"

他把话卡递给静卧一旁的哎哟:"小云遇到事了⋯⋯"

哎哟在话卡里听小云带着哭音说在迷宫一样的车库里出不来,也安慰道:"小云姐,你别怕!你现在在哪儿?"

"不知道⋯⋯"

"不过没关系,掌屏上有语音追寻系统,根据你传来的声音,我已经锁定了你所在的方位,我们这就过去!"

郝胜和哎哟迅速跑下楼,推出一辆摩托车。郝胜驾驶,哎哟在后座不停地以手掩嘴,用掌屏和小云说话,这可以缓解小云的恐惧,也便于对她的找寻。

哎哟对照着屏面上锁住的目标,指点郝胜把摩托车开到那幢大厦下。两人下了车,走到车库门口,正要往里走,哎哟一抬头,看到上方一个窗口有人正探头探脑。这也让郝胜注意到了。

"小云这事可有点儿怪呀⋯⋯"郝胜提醒哎哟。

"这样吧——"哎哟提议,"你先守在这门口,我到里面去接小云姐,要是有麻烦,你赶快向欧阳华团长报告。"

郝胜说:"行,你进去别间断和我通话。"

哎哟进到车库里,一边走一边看着屏上的标星,和郝胜、小云两边说着话。穿行在轿车行列中,他感觉离小云的位置越来越近了。

就在哎哟加快脚步经过一辆大轿车时,他忽然感觉眼前一黑,一团黑软的网状东西把他罩住,他挣扎,被裹得

更紧，接着被人扛走了。

同一时刻，郝胜在话卡里也听不到声音了。他赶紧向欧阳华报警。

十分钟后，欧阳华和特警队员乘着几辆警车赶到了。他们联合大厦的保安人员到车库搜索，在一个偏僻处找到了惊魂未定的小云。经过仔细搜查，却未发现哎哟的身影。

一行人出了车库，欧阳华看小云情绪稳定了，向她询问了事情的发生经过。他觉得事有蹊跷，初步判断这是有预谋的，是冲着哎哟来的。他赶紧向市局报告了案情，并向艾教授告知了哎哟失踪的消息。

郝胜和小云心情沉重地回到家里。尤其是小云，更感到担心和不安，就是因为去找她，哎哟才失踪的啊！

此刻哎哟在什么地方呢？他会遭到毒手吗？

陌生的哎哟

就在哎哟失去踪迹，欧阳华布置了寻找他的第二天一早，哎哟又在国道检查站上出现了。特警小分队的少年看到哎哟，都关心地围上他，问他去了哪里。

"嗨，车库保安以为我是偷汽车后备厢的小偷，抓了审我，关了起来。后来见我没有撬车工具，又问不出什么，只好把我放了。没事啦，没事啦!"

哎哟看到郝胜，拉住他说："走，我们还去查车吧!"

哎哟回来了，郝胜当然高兴。可是过了一会儿，郝胜就发现哎哟提不起劲头。队员举牌让一辆货车停下来，郝胜叫哎哟上车，哎哟却慢腾腾的，催着他才登上去。上车后哎哟也是象征地看了看，就说："放行吧。"以前的哎哟可是检查每一个角落，查得十分仔细的。这哎哟是怎么啦?

"哎哟，你好像情绪不佳?"下车后郝胜问。

"是吗?"哎哟回答说，"也许是最近有点精神紧张造成的。"

"你也会精神紧张?"

"当然，我也是有感情的嘛！多散散心就好啦！"说到这里，哎哟一转话题，"郝胜，你想不想出国旅游，去威尼斯水城、美洲尼亚加拉大瀑布、非洲塞伦盖蒂野生动物园……"

"我哪儿有那样多的钱出国呢?"

"我能帮你，出国坐飞机头等舱，住酒店的总统套房……"

他们正说着，又一辆货车停下来，郝胜拉哎哟上车。

"还查呀?"哎哟说话口气中流露出不耐烦，"这要检查到哪一天呢?"

"我怎么知道?"

"你去问问团长嘛！"

从这时起，哎哟的表现就让郝胜感觉更奇怪了。以前哎哟总是和他在一起，形影不离，和其他少年特警相处得也很亲密。现在不一样了，他几次在欧阳华和特警队员身旁走来走去，很注意听他们的讲话。

出于一种警觉，郝胜感到眼前的哎哟对查车完全没有热情，他观察到哎哟的眼神也不对，从哎哟眼中看到的是一种焦躁而躲躲闪闪的神情。他还是那个对人诚恳、亲切，和自己亲密无间的哎哟吗?

到了下午，在检查一辆货车时，哎哟伸手拦住郝胜说："你们去查别的车，我一个人查这辆车好啦！"

郝胜听他这么说，留了个心眼。在哎哟上车关车门时，掏出一包纸巾挡在门边。门上露了一道缝。透过门缝，郝胜看到哎哟在车上什么也没有查，而是向车厢角上一个隐蔽的探头做着手势。

郝胜为自己的发现震惊，他听到自己急促的心跳，匆匆跑到欧阳华面前报告："团长，回来的哎哟不对，他有问题……"

欧阳华听到郝胜讲了所看到的事，面色严峻："他一回来我就注意到了！他说他被大厦保安抓住关押，我派人去了解，完全没有发生过这样一件事……"

欧阳华说着拉郝胜上了一辆警车，追赶哎哟单独"检查"过的那辆货车。

接到欧阳华的指令，前方检查站已经拦下了那辆货车。特警人员登车从前到后检查，竟然查获了两只国家一级保护动物丹顶鹤和一箱六只珍稀的绿头隼。

警车快速开到哎哟面前，欧阳华带两名特警战士跳下车，他指着哎哟大声命令战士："把他铐上！"

看战士拿着闪亮的手铐扑向他，这哎哟既未反抗，也没有挣扎，只是流露出恐惧、悲哀的神色，低下了头。

欧阳华让把哎哟押上警车，叫郝胜也上了车。警车驶出国道，进到城里，开往艾教授的家。

"哎哟怎么啦？"

看到哎哟戴着手铐被带回家来，艾教授忙向欧阳华

发问。

"这个哎哟失踪后又现身，做了他不该做的事。教授，我把他给您带回来，请为他'验明正身'。"

欧阳华一扬手，两名特警战士把押着的哎哟拉进艾教授的工作室，放到一张平台上，为哎哟取下手铐，从两边把他手臂按住。

艾教授启动检测仪，挥动一个勺状探头在哎哟身体上下扫描检视。检测中，教授发觉一个讯号不对后，旋转微调键钮再查，确定哎哟的线路板终端出现异常。

"有人对哎哟动了手脚。"教授关闭了哎哟身体的电路，解开衣服扣子，用一把无缝剖刀划开哎哟前胸的仿真皮肤，让线路板露出，他指着一点让欧阳华看，"有人在这个部位加装了一块芯片。"

"芯片？它能起到指挥哎哟的作用吗？"欧阳华问。

"岂止是指挥，凭这芯片它已经偷换了哎哟的'灵魂'……不过，他们的芯片制作得不够精细，使用后破绽也多。"

"那哎哟怎么办呢？他还有救吗？"郝胜着急地问艾教授。

"把芯片取下来就行了，哎哟还是原来的哎哟。"教授答道。

欧阳华有事先走了，郝胜留下看艾教授为哎哟摘除了邪恶的芯片，把它收藏起来。教授逐一检查了哎哟身体的各线路后，对皮肤进行黏合。

在接通了线路后，哎哟揉揉眼坐起身来。他看到郝胜，笑着说道："郝胜，你来啦?"

"是呀。"

郝胜注意看哎哟，哎哟神情诚恳、亲切，他在心里说：这才是我熟悉的哎哟呀!

哎哟的憧憬

　　对哎哟被诱捕偷植芯片的事件，欧阳华汇报后和方局长进行了分析研究，认为这与特警部队近期开展的缉毒和打击走私行动有关，是犯罪团伙有组织、有预谋的破坏活动，必须抓紧查个水落石出。事情是从小云被骗入车库开始的，调查也从郝胜家进行。

　　欧阳华先来到艾教授家，请艾教授出马，到郝胜家观察居住环境。哎哟常到郝胜家度周末，艾教授去拜访一下也是很自然的事。

　　哎哟陪同艾教授走进郝胜家。郝胜的妈妈一看到艾教授马上叫出教授的名字，原来他们是初中同学。二十多年未见了，如今同学相逢，分外高兴。他们坐在客厅里，说起少年时校园的往事，你说一段，我说一段，有着说不完的故事。

　　艾教授和郝母谈得融洽、热烈。哎哟发现教授一脸灿烂的笑容，这是他很少能看到的。郝母说起从前，更是兴奋，脸上还泛起红晕……

小云招呼哎哟和郝胜去看她拍摄的观鸟照片。哎哟随郝胜进到小云房间，他翻着相册，眼睛望着照片上飞翔的鸟儿，却还想着艾教授与郝母的倾情交谈，他想：艾教授和郝胜的妈妈要是……

"太妙啦！"哎哟脱口而出。

"你是说我拍的照片吗？"小云问。

"不是，不是。"哎哟老实回答，"我想到一件事，现在还不能说。"

"你没事吧！"郝胜笑他。

"反正我觉得很妙，真的。"哎哟认真地说。

"妙，我看你是莫名其妙！"

哎哟并不在乎郝胜的取笑，他心里装着个憧憬，望到哪里都是笑眯眯的。

哎哟三个人看完照片走出房间，见艾教授和郝母已离开大客厅，坐在小客厅品茶说话。这时欧阳华在市局办完事赶来了。艾教授一见欧阳华，便告诉他："团长，我发现问题了：大客厅鸟笼里的黄鸟是一只机器鸟。当我走过鸟笼附近，放在我口袋里的监测仪有振动报警……"

"黄鸟不是真鸟吗？"一旁的小云很是吃惊，"我每天给它喂食、喂水，清理垃圾，会是只假鸟？"

"这鸟是从哪儿弄来的？"欧阳华问。

"一楼一位老阿姨送我的……"

"她住一楼哪个房间？"

"进楼后左边的房门。"

欧阳华听小云说完，抽出话卡通知下面警车中的随行人员对一楼进行监控。

"坏蛋居然到我们家来使坏！"郝胜恨恨地说，"我要把那黄鸟踩扁！"

"别，郝胜你冷静点儿。"欧阳华向在场的人说，"我从市局了解到，犯罪集团好不容易打通了这条走私通道，下线货源充足，有暴利可图，他们不会轻易放弃的。我看可以将计就计，就利用一下这只黄鸟……"

"怎样利用呢？"郝胜心急地问。

"我呀，放风让它传话过去，走，我们去大客厅。"

他们来到大客厅，随便说着话。欧阳华口袋里响起铃声。

欧阳华抽出话卡，贴在耳边接听，说道："喂，我是欧阳华。哦，您是局长，什么？明天市里有一项紧急任务，调我们查车的人员去完成……我停查一天的车吗？好，我去安排。"

通完电话，欧阳华和艾教授、哎哟离去了。郝胜和小云进到母亲房间，说着家里的黄鸟，它真是个窥视、窃听狂吗？

郝胜心里有了期待的事情。第二天他早早就约上哎哟守在查车的路口。

午后，查车的特警战士细细盘查，在车流中拦住一辆大货车后，搬开后部的畜肉，前车厢居然摆放着八大箱走私物品，有蝴蝶和珍稀鸟类标本、恐龙蛋等，还有一个箱子中装了两张南亚虎皮。

郝胜和哎哟都跟着忙活搬运箱子。看着从车上搬下的战利品，欧阳华对郝胜说："得感谢你家那只黄鸟通风报信啊，应该给它记一功！"

"怎样处理它呢？"郝胜问。

"给艾教授送去，它应该有研究价值。"

"对了，团长。"郝胜忽然想到，"楼下送小云黄鸟那个叫萧洒的肯定和走私犯是一伙的，快抓她吧！"

"昨晚我已经安排人去监控她，可是我们的人侦查发现，她的住处人去室空了。"

"想起来了，"哎哟告诉郝胜，"我到你家玩，上楼经过她住的门口，她看我的眼神怪怪的，原来是没安好心呀！"

哎哟自作主张

　　从看到艾教授和郝母亲切融洽地交谈起，哎哟对关心他、喜欢他的郝母更增加了亲近感。郝母看到哎哟，总会问一些有关艾教授的事情，哎哟详尽介绍后，回到教授身边，又会说起郝母挂念教授以及郝母的生活点滴。他在有意地串联着两个人的心灵。到郝胜家做客，是哎哟最爱做，也是最盼望做的事。

　　周末，哎哟又到郝胜家来玩。临上楼，哎哟朝萧洒住过的楼房门瞥了一眼，看到房门虚掩，露着门缝。出于好奇，他推开门。里面没人，也没家具物品，表明这里还没搬入新住户。哎哟在房间客厅走了几步，看到一堆丢弃的鞋袜，一个纸盒边扔着一张纸单子。他拿起一看，是一张搬家公司开出的货运单收据，上面写着："客户：萧洒；起运点：此地住处；运抵点：安宁桥东康泰家园小区 C6 别墅。""萧洒搬到这个地方去了呀!"哎哟脑子里很快转了一下，把收据单装在口袋里。

　　哎哟叩开郝胜的房门，见到郝母一家人，没有多寒暄，便拉着郝胜进了他的房间。郝胜问道："你急急拉我要说什么事呀？"

　　"我有个发现——"哎哟拿出收据单叫郝胜看。

　　"看来这坏女人是逃到安宁桥东去了。"郝胜指着单据说，"安宁桥离我们这里有二十多公里。那里有一次举办风筝节，我和小云骑摩托车去过。哎哟，你有什么打算？"

　　"那个萧洒太坏了，用黄鸟监控你家，又害我……我想我们知道了她的落脚点，可以去查一查。你说呢？"

　　"干！"郝胜拍腿，"应该去查清楚，然后报告团长把萧洒抓起来！"

　　两个人不再看大片，也顾不得玩电脑游戏，商量起行动和行程。

　　第二天一早，郝胜告诉妈妈要出去玩，吃了早餐，又带上饮水和食物，和哎哟出了家门。他们骑上摩托车，郝胜驾驶，哎哟坐后座，直向东郊而去。

　　暑热季节，清风送爽。骑行在郊区大道上，超越着前方的车辆，郝胜和哎哟各自想着要去完成的事，并对做好这件事充满了信心。

　　俗话说，儿行千里母担忧。哎哟虽不是艾教授的亲骨肉，可他是艾教授心血的结晶，教授与哎哟情同父子。教授在卧室墙上设置了一张电子地图，将哎哟在图上定位。当哎哟不在身边时，一望地图即明了哎哟所在的位置。哎

哟去郝胜家度周末，标示哎哟的醒目红点在郝胜家应该是静止不动的。早起后，教授洗漱、吃完早餐后准备在卧室看书，无意间抬头发现，代表哎哟的红点闪动着移向东面。

"呀，他要去哪里呀？为什么不告诉我一下呢？"

艾教授拿起桌上话卡，接通哎哟的掌屏："孩子，你要去哪里？去干什么？"

"教授，我和郝胜去东郊查找一个人……"哎哟把手掌移到嘴边说。

"你们团长知道吗？"

"我们想查清了再报告他。"

"那可不行，快停下！"教授吩咐说。

"没事的，您放心吧……"

教授看红点还在突突向前移，忙和欧阳华联系。

哎哟从掌屏上听到振动，欧阳华急促地询问他："哎哟，你们要到哪里去？"

"我们得到了萧洒的落脚点，去侦察一下。"

"停住，立即停住！"欧阳华命令道。

哎哟告诉郝胜后，摩托车停在马路边。

"我们停下了，团长。"

"告诉我你们现在的位置。"

"离安宁桥还有一百多米……"

"站那儿，一步也不要再动，我马上去见你们！"

不大一会儿，两辆警车鸣着警笛风驰电掣般开来。欧阳华跳下车："你们是怎样知道萧洒踪迹的？"

哎哟拿出那张收据单来："这是从萧洒住过的房间里捡到的。"

欧阳华看了，递给随行的一名警官看。

"我们进萧洒房间搜查，没见到这单子。"那警官说。

"这是个陷阱。"欧阳华判断道。

他用话卡联系市局，得知赶赴安宁桥东的警车也到位了，让警员控制周边环境，又对随行的特警人员说："走，我们去安宁桥上看看。"

这是一座造型精致的小石桥，只允许小轿车和非机动车及行人经过，重载的车辆要绕行。警员分散着走上桥去，搜索中很快发现在桥的中段桥栏外侧南北各放有一枚炸弹，吸附在石板上。欧阳华立即命令人员在桥的两端警戒，又请市局增调人员，对周边进行排查。

调查中，有位清洁工反映了一条重要线索：在安宁桥东南方土石山上有一座小亭子，一早来了一个中年人和一个满头银发的老妇人，坐在亭子里用望远镜朝安宁桥上看。这两人在警车到来前才不见了。

欧阳华随同清洁工来到亭子，查看地形。他见不远处灯杆上装有监控探头，就拉着郝胜、哎哟找相关部门调看。在清晰的摄像画面上，郝胜、哎哟一眼就认出了影像中的白发女人是萧洒，她不时举着望远镜朝桥头瞭望。那男子手里则握着一个遥控器样的东西。

"他拿的是引爆器！"欧阳华指给郝胜、哎哟看。

"他想炸桥吗？"郝胜问。

"炸桥？他想炸你们！"欧阳华提高了声调，"你还蒙在鼓里呀，真是傻孩子！"

"我懂了，"哎哟分析说，"那张收据是他们后放进去的，就是想把我们骗到这里来……"

"你们一上桥，两侧炸弹就会把你们炸飞！"

郝胜听欧阳华这样说，吃惊地一吐舌头。

看到郝胜这感觉后怕的表情，欧阳华劝慰说："上次你家那只黄鸟提供了假情报，让他们损失很重，他们肯定要报复。从这次下套谋害你们，可以了解这伙歹徒的阴险狠毒。安宁桥上不安宁呀！"

欧阳华指示特警人员排除桥上的炸弹，又拍着郝胜、哎哟的肩膀说："以后做事要多动脑筋，不能自作主张、擅自行动呀！"

"我明白了。"郝胜说。

"团长，和萧洒一起的中年男子是马龙吗？"哎哟问。

"我让人查一查。"欧阳华答道。

"我就能查——"哎哟张开左手，几经触摸后对欧阳华说，"通过比对，这个中年男子和接应毒贩马鸿的直升机驾驶员身高、体重、骨骼、脸部轮廓一致。这男子应该就是马龙。"

"如果是他，这次一定要抓住他。不能再让他逍遥法外了！"欧阳华自信地说。

101

哎哟测谎

发生了诱捕哎哟、偷装芯片、安宁桥谋杀等事件后，艾教授约欧阳华到家里交谈。他们坐定后，喝着茶水，从哎哟说到机器人的发明。欧阳华先谈道："教授，我看到有资料介绍，在很久之前，我国有个叫偃师的工匠就造出了机器人，机器人能歌善舞，说唱、走路、打躬、作揖，动作做得和人一模一样，当时所用的原料不过是些皮草、木料、胶漆及各色颜料，当时的人可真够不简单的。"

"这资料我也看过。"艾教授点点头，"我想，当时造出的所谓机器人，可能只是精巧的玩偶，与现代的机器人有着本质的区别。"

看欧阳华微笑着表示赞同，艾教授又说："现代机器人诞生于 20 世纪。现代机器人即智能机器人，最重要的部分是计算机。1946 年，世界上第一台电子计算机诞生，每秒钟可以运算五千次。接着，装配出了电子计算机机械，通过编排程序，已能准确实现操作生产工具等动作了。"

"这就是最初的机器人吧？"

"对，尽管它们不具人形。后来，有了人的外貌，也是怪头怪脑，但它们毕竟是机器人的鼻祖。随着科技的快速发展，机器人已经可以模拟人类部分逻辑思维活动，具有类似视觉、听觉、嗅觉等感观功能，在人所不能适应的环境下代替人工作。如今各国都在深入研制新型机器人。说到哎哟，它的人工智能程序、编程功能，在国内外机器人开发生产中是可以跻身先进行列的。A1、A2 在打击犯罪的斗争中功绩卓著，不幸的是他们遇难了，他们受到的是毁灭性的打击啊！"

"教授，我们都为 A1、A2 的离开难过，但他们死得有价值。"欧阳华插话说。

"你说得是，A1、A2 没有辜负人们的期望。其实让机器人从事一些简单、重复性、呆板枯燥的工作，或是去承担危险性大的任务，原本就是发明制作机器人的目的。咱们返回来再说哎哟，它的表现是合格的、称职的，也可以说是成功和优秀的。但是哎哟仍有很多不足。最近我对哎哟的编程又做了改进，为他的掌屏增加了测谎、测定 DNA 等功能，今天请你欧阳团长来就是和你商量，多让哎哟参与一些侦缉、抓捕工作，经受磨砺、锻炼，从实践斗争中发现问题，以便改进、提高他的性能，让他发挥更大的作用。"

"我明白，"欧阳华和教授商量，"市局最近接到群众举报，鸟市街的店商违法贩卖珍禽，就让哎哟去参与查处吧。"

"好的。"艾教授点头同意。

两天后，一辆红色豪华跑车驶向北郊的鸟市街。宽敞的街道两侧店铺相连，门内外鸟笼密集悬挂。跑车在一家写着"施乐鸟园"的门前停下。举报信中的违法店商就是这里姓施的店主。

从跑车上走下来郝胜和哎哟，他们穿着国际名牌服装、时尚鞋，像两个富家少爷。一个四十来岁的店主迎出来："两位小客人到店里看看鸟吧！"

"你是这店的老板？"郝胜派头十足地打量着他。

"是，是。我开了这家小店，请多关照。"店主讨好着说。

进到店里，到处有鸟笼悬挂摆放，笼里的小鸟啄食、鸣叫，叽叽喳喳。

"有白颈长尾雉吗？"哎哟问道。这鸟属国家一级保护动物。

"你想要？有。"店主神色狡黠地压低声音说，"价钱高点。"

"钱不是问题。"郝胜朝他一挥手，"快拿来看看。"

"这鸟不同于一般，不敢放在店里，有人想买我可以叫人送过来。"

"这几种鸟有吗？白腹锦鸡、红腹锦鸡、红嘴松鸡、大

鸨、冠斑犀鸟?"哎哟又问。这些鸟也都属国家保护的珍禽。

"有，有，都有。"

哎哟告诉店主："让人送来，我们全要。"

"全要?"店主疑惑地问，"你们自己养着玩，一下养这许多呀?"

"这你别管，"郝胜财大气粗地说，"鸟拿来一手交钱，一手交货。有就拿出来，没有别夸口，我们另找卖家。"郝胜激店主，又拉了一下哎哟，做出要离开的样子。

"好，成交！我让人送货过来。"

店主很在乎这笔大单生意，拿出话卡联系。几分钟后，一辆货车开到门前，一个女人两手各拎着几只装着大小鸟的笼子进店，放到郝胜、哎哟面前。

"你查看一下是不是我们要买的。"郝胜对哎哟说。

"就是这几种。"哎哟看了点点头。

"要找的鸟对了，你算算一共多少钱，我不和你砍价。"郝胜告诉店主，"我这就让人送现金来。"

店主兴奋地用计算器算着钱数。郝胜手持话卡装着联系人送钱。他话音刚落，欧阳华率领警员与工商局的人员已冲到店里。店主和送鸟的女人大惊失色。违法贩卖的国家珍禽就在面前，这让他们无法抵赖。

审问就在店内进行。哎哟启动了掌屏的测谎设置，他举左手锁住受审的施某和那女人，无线测谎连接即告接通。

欧阳华问店主："你还藏有多少国家禁售的动物？"

"没有了，都拿来了。"店主答道。

"说谎！"哎哟向欧阳华展示他掌屏上测出的生理变化曲线和判断供词为谎言所亮起的红灯。

"我正告你——"欧阳华手指店主说，"你大肆出售国家保护动物，涉嫌犯罪，如果继续顽抗，态度恶劣，要受到严厉法办！"

"要判刑坐牢的！"郝胜在一旁提高声调说。

那女人一听，吓得哭着向店主嚷道："老公，我们可不能被判刑啊！别瞒啦！我说……"

她讲出了还藏有的国家保护鸟种和藏鸟地点。欧阳华让工商局人员随她乘车去取。欧阳华对店主再问："你藏卖的这些鸟，供货人是谁？"

"有人上门兜售，我就买下了。没有固定的供货人。"店主低声答道。

"又是说谎。"哎哟告知欧阳华。

欧阳华把软中带硬的话语抛向店主："看来你是存心和自己过不去，想住到监狱里去。好吧，不问你啦，一会儿让你老婆说，她比你懂事。"

"别，别，我说，我全说。"

欧阳华从姓施的店主坦白交代中了解到：向他供货的是个叫霍焰旺的人。此人捕猎出身，学过武术，练过摔跤，身体强壮，独自住在名刹崇国寺后山上。他在一个山谷处

架大粘网。山谷向阳，鸟儿多，大网每天能粘上几十只鸟。他收网时把值钱的鸟摘下来装笼，剩下的捏死，炸了当下酒菜或卖烤肉串。有时他嫌一个一个捏麻烦，索性放下粘网，人往网上一滚，把鸟全压死，在地上留下一摊摊血迹……这个霍焰旺，对鸟来说就是祸害它们的"活阎王"。

"这个姓霍的，除了给你送鸟，还向谁供货？"欧阳华追问。

"他给我的鸟不是最好的，听说他捕到了好鸟都卖给了一个走私团伙……"

"什么走私团伙？讲具体点儿！"

"这我真的不了解。"

欧阳华看哎哟向他点头，知道姓施的这次没说谎，便说："你要将功补过，减轻刑罚，马上带我们去抓霍焰旺。"

"行，行，我领你们去……"店主连声答应着。

欧阳华向市局方局长汇报了情况后，带着店主出门，上了一辆警车。几辆由特警队员乘坐的车沿着北郊公路向北面山脚下疾驰。停到一座庙前，店主下车对欧阳华说："这座庙就是崇国寺，霍焰旺住在庙后的平房里。"

"快带我们去抓他！"欧阳华吩咐。

一行人从崇国寺门前绕过，向庙后扑去。在庙后山坡上坐落着两间平房。听店主说霍某就在里面，欧阳华一挥手，特警队员向平房两侧包抄上去，撞开门后却发现平房里没人。他们到此是很迅速的，不会走漏风声呀！欧阳华正寻思，环顾周围，只见从不远处的树上跳下一个上身赤裸的人，急促向山上跑去。

"那光膀子跑的就是霍焰旺！"店主辨认一下，向欧阳华喊道。

原来，天气炎热，霍焰旺躲到树上乘凉，逃脱了直接被抓。

"追！不能让他逃掉！"欧阳华带头冲出。

听到欧阳华的命令，特警队员和随行的郝胜、哎哟都向山上追去。

这山也是当地的一座名山，山势陡峭，海拔较高。霍焰旺土生土长，熟悉山路，登山上坡如履平地。他跑到半山腰，发现追他的人被甩在很远的下方。他猫着身子一股劲窜到山顶，更觉得没有人会追得上他。他放缓了脚步向背面山下走去。

"站住！"一声断喝在他背后响起。

霍焰旺不由停住脚回头张望，看到向他喊话的是一个少年。他是哎哟。

"你？你想抓我？"这壮汉冷笑着。

哎哟一步一步向他逼近。

霍焰旺没把哎哟放在眼里，可他还是弯腰从鞋帮里抽出一把刀子。

哎哟背过手从腰间取出一副带链的细软钢条铐具，这是艾教授新研制的自锁手铐，专用于对付持刀的凶恶歹徒。

　　双方交手了。霍焰旺举刀向哎哟刺来，哎哟挥起铐具把刀迎住。在金属相碰的刹那，铐具的一个铐环准确铐住持刀者的手腕，然后夹紧。痛感使持刀者下意识地掰铐，而另一铐环又会识别并铐住这一只手腕。手铐随即会向腕部释放弱电流，让被铐者瘫软在地。

　　哎哟看霍焰旺跪缩成一团，刀子丢在一旁，用掌屏报告欧阳华人已抓获及所在山顶位置。

　　欧阳华和特警队员赶到山顶，从哎哟的掌屏上看到了铐住霍焰旺的经过。警员用普通手铐换下自锁手铐。看霍焰旺神志清醒过来，大家传看着新型手铐，惊叹着它的神奇。

　　霍焰旺被押回市公安局后，哎哟参加了对他的审问。嫌犯在供述中，每当说出谎言，就会被哎哟指出是假话。霍焰旺也怕加罪，只好老老实实回答问题。讲出了向施家鸟店供货，还把珍稀禽鸟高价卖给了一个人。那人给的钱多，要的量也大。

　　"这人叫什么名字？"主审的欧阳华问。

　　"不知道，我也没问过。"

　　"是男是女？多大年岁？长什么模样？"

　　"男的，三十多岁，瘦高个子，说普通话。"

　　听着霍焰旺的供述，欧阳华脑子里一下想到马龙的名字。

　　"你和他怎么联系？"

"每次都是那人用话卡找我，我也有他的联系卡码。"

审过之后，欧阳华想，不管那个大量买鸟的人是不是马龙，都要先把他抓住。他向方局长汇报了想法后，先给霍焰旺讲政策，指出路，敦促他改邪归正，戴罪立功。霍焰旺虽是个粗人，也明白利害关系，表示愿意按警方提出的要求去做。

在研究了行动方案后，欧阳华让霍焰旺和买鸟人联系，说手里有几只丹顶鹤和天鹅出售。对方爽快地同意见面，见面的地点、时间另定。

一天后的早上，霍焰旺被告知当日十二点见面，地点定在崇国寺东树林北侧里端的座椅上。

欧阳华马上进行部署。特警人员早早换了便装，在寺东布控。霍焰旺也提前找到约定的座椅，坐下等待买鸟人到来。

一直到中午，欧阳华和特警人员埋伏在树林四周，等候买鸟人现身，周围却静静的，并无人迹。霍焰旺坐在椅子上显得焦虑，正在东张西望之际，突然轰隆一声巨响，他坐的地方发生了爆炸。欧阳华和警员赶紧冲过去。只见座椅被炸得粉碎，霍焰旺的残骸倒在血泊中。

为什么会发生这样的事？方局长指示立即调查。

欧阳华回忆着从追捕霍焰旺开始的所有环节。他想到哎哟的掌屏，行动中会存有影像，便把哎哟叫到身边："哎哟，你调看一下影像的画面，看看在追捕霍焰旺的过程中，

有没有可疑的人出现。"

"好的。"

哎哟打开掌屏的页面，从前向后搜索。他很快就发现了疑点——一行人追捕霍焰旺，绕过崇国寺门前，大门口站着一些进香的人，混在其中的一个人，经比对就是马龙。

"这就是说，我们抓霍焰旺时，马龙是在场的。"欧阳华分析。

"霍焰旺被捕，马龙也是会想到的。"哎哟说出一致的意见。

这时参加调查的法医给欧阳华发来短信：经鉴定，崇国寺树林爆炸的弹片与安宁桥放置的炸弹为同一种类、规格、型号。

"事情已经很清楚了，"欧阳华向方局长报告，"爆炸案是马龙所为。这家伙真是又狡猾，又凶狠呀！"

哎哟和鸵鸟案

结束了爆炸案调查后，为考察锻炼哎哟的能力，欧阳华指派哎哟和郝胜协助侦破养殖园鸵鸟被害案。

欧阳华介绍案情说，西郊有个很大的养殖园，放养鸵鸟、麋鹿、野驴、羚羊等食草性动物。近期每隔几天就有一只鸵鸟被宰杀并割去大腿部的肉。由于犯罪分子剪开了养殖园的铁护网，野驴等动物从网口窜上公路，撞毁了汽车；闯入社区，毁坏绿地，骚扰民众。市局开会研究抓紧破案。由于他正忙于别的大案，就让哎哟、郝胜进养殖园先期调查。

哎哟回家向艾教授讲起要去调查鸵鸟案的事，艾教授调看了自己的功能库，在哎哟的掌屏加装了气味记忆追踪功能，然后告知了欧阳华。

郝胜、哎哟驾车找到西郊养殖园，他们拿着欧阳华开的信函见到了养殖园保卫科的佟科长。佟科长四十多岁的年纪，听明白他们的来意，脸上露出看不起他们的神情：

"就你们？想查这里的鸵鸟案？"

"不行吗？"郝胜感觉到被他轻视，好强地提高声调说，"鸵鸟案很快就能破的！"

"你们破吧，"佟科长正正眼镜，介绍说，"这养殖园南侧马路边，有一个很大的农贸市场，卖肉的摊贩集中。肯定是那里的人杀了鸵鸟割肉卖钱，查他们准没错！"

"我们查查看吧。"

哎哟拉了一下郝胜，离开佟科长。他们用一整天时间开车绕养殖园查看周围环境，又去农贸市场看了，没有收获。两天后的清晨，靠近农贸市场的养殖园南侧，员工发现又有一只肥硕的鸵鸟遇害。鸵鸟倒在血泊中，肚子下的两条腿被割去几大片肉，横在地上的只剩下两根血淋淋的腿骨。

哎哟、郝胜闻讯赶到现场。他们发现不远处的围网又被剪开一个大洞。哎哟凑近死鸟，用掌屏录下鸟血的 DNA 数据，又测定了鸵鸟的死亡时间和取肉时的空气中血液挥发气味当量。

哎哟正想向欧阳华报告这里又出现了案情，却收到了欧阳华的短信，说他已知道又有鸵鸟被杀，有人向市局举报农贸市场一个柜台里藏有新鲜的鸵鸟肉，让哎哟、郝胜赶快到农贸市场去。

两个人急匆匆冲进市场，看到角落里一个柜台前围了一些人。欧阳华和几名警员已先到了。柜台上放着一大条色泽红润、纹路细密的鸵鸟肉，一位老年摊主正向围拢的人介绍说："早晨我正面朝里剔肉，一回头看到柜台上多了一个编织袋包，打开一看就是这条肉。我寻思可能是谁办货落我这儿的，于是随手放到柜底下了。我想有人来找就还给人家……"

"肉是谁放下的，你真不知道吗？"欧阳华向摊主发问。

"我背着身，真的没看到。"

"你听说对面养殖园有鸵鸟被杀的事了吗？"欧阳华再问。

"刚听说，我拿出柜下的肉看，你们就赶来了……这鸵鸟肉真是有人扔我这儿的，鸵鸟的死和我无关呀！"

"我们会查清这件事情的。"

欧阳华说完这话，看哎哟、郝胜到来，问了一下死亡鸵鸟现场的情况。哎哟悄悄对欧阳华说："我在现场采集了案发时鸵鸟血液挥发的气味和当量数据，运用艾教授加装在掌屏的气味记忆追踪功能，我可以用掌屏扫描周围的人，扫描到割肉案犯，就会振动报警。"

"高科技，好。"欧阳华一指摊主，"你先扫一下他！"

"扫过了，不是他作的案。"哎哟肯定地说。

"哎哟，我们在整个市场走一下，看看能不能发现嫌疑人。"欧阳华提议。

"好，走吧。"

哎哟跟随在欧阳华身后，自然而隐蔽地张开左手，从

经营摊位的人们面前走过。前前后后，把市场里每一个人都扫描到了，掌屏并无振动，排除了这里的人和鸵鸟之死有关系。

他们走到市场门口，走在前面的欧阳华转回身问："明明不是这里的人干的，却把赃物扔到这里，说明什么呢？"

"案犯是嫁祸于人。"一名随行的参谋说。

"对，这是栽赃！"欧阳华眼望对面的养殖园围网，用手一指，"下面该扫描这里面的人了。"

"每次鸵鸟出事围网都被剪了大洞，表明是外边的人钻进去干的。"郝胜说出了自己的想法。

"在围网上剪洞也可能是制造假象，引开我们的注意力。"欧阳华开导他说。

"那个佟科长见面一口咬定是卖肉的人害了鸵鸟，他为什么这样说？"哎哟插话说，"我看应该先从他身上查起。"

"对，先查他。"郝胜附和。

"这个佟科长，小看我们。可以麻痹他，我有个办法……"哎哟说出自己的办法，欧阳华认为可行，告诉他俩佟科长应该查，对其他员工也不能漏过。

哎哟和郝胜再进养殖园。他们走进保卫科办公室，看到佟科长坐着悠闲地抽烟。哎哟刚一走近他，掌屏便振动报警了。眼前这个道貌岸然的家伙是残害鸵鸟的嫌犯无疑！哎哟抑制着心中的兴奋，装出郁闷的样子说："佟科长，我们查了几天鸵鸟的案子，的确复杂，我们破不了，要回去了。"

"你们要走了吗?"佟科长脸露笑容,"嗨,这园子有上百只鸵鸟,死几只也不算事。不过你们来了几天,东跑西颠的,挺辛苦,我带你们散散心吧,也是送行。"

佟科长让郝胜、哎哟上了他的轿车,开到一家酒店停下,三个人上楼,先吃了大餐,又进台球厅打台球。郝胜球技不错,和佟科长约好打七局,打到第四局两人仍难分胜负。

哎哟看佟科长眼盯着台面,悄悄下楼,走到佟科长的轿车前。他用腰间钥匙链上的万能钥匙打开了车的后备厢,很快发现里面放置的编织袋上和车厢壁板上沾有血迹。他调出掌屏 DNA 测定功能比对,血迹与被宰杀的鸵鸟数据相合无误。在一个编织袋中,哎哟还看到了打麻醉药的针管和割肉用的片刀,还有一把大号压力钳——看来是用来剪围网的工具。他用掌屏一一拍照,取得了确凿的证据。

欧阳华听到哎哟的汇报后,判断佟某近期还会作案,并制定出一套抓捕方案上报。

几日后的一个午夜时分,佟某开着他的轿车在星光中慢慢行驶着。找到鸵鸟群后,佟某下车,手握一束鲜豌豆苗,逗引鸵鸟跟随他走。走到一处树丛间,佟某选好一只健壮的母鸵鸟,拍拍它的臀部,从口袋抽出一个针管,向鸵鸟腹部刺去。只几秒钟,被扎针的母鸵鸟跟跄地倒在了地上。佟某踢打着轰开了其他鸵鸟,走回汽车,从后备厢

取出一个编织袋。正当他亮出一把片刀，凑向倒地的鸵鸟时，夜空中猛然震响起一声怒喝："住手！放下刀！"

几道手电筒的强光照向了他，多名埋伏的特警队员已把他围在中心。佟某惊恐地丢下刀子，两腿发抖。

"给他戴上手铐！"欧阳华下令。

参加抓捕的哎哟和郝胜站到佟科长面前。

"你不是怀疑我们的破案能力吗？"郝胜质问他，"现在还有什么说的？"

双手被铐住的佟某垂下头，嘟囔着："我知道杀鸵鸟取肉迟早要被抓的……"

"知道为什么还干？"哎哟责问道。

"我在这养殖园看鸵鸟轻快地奔跑，听朋友讲，它们大腿的肉特别爽口。一吃的确味道绝佳，不论是煎是炖，还是涮着吃，鲜美无比，让我越吃越爱吃，欲罢不能。现在一说还满嘴口水呢……"

"你残害动物还好意思说，"郝胜奚落他，"一个大人，瞧你这点儿出息！"

哎哟身边的鸟

周末下午上语文课，老师布置作业，让学生回家完成一篇作文，题目是《好一只……》。

郝胜回家后，打开电脑，先码上作文题目。他想写完让他烦心的作文，就可以痛痛快快地欢度周末了。

"好一只"，写什么好呢？老师讲可以写鸡、写鸭、写鸟、写猫、写兔，写可以用量词"只"的任何东西。郝胜房间活动的物体只是自己，他走到客厅环顾了一下四周，有了，这里有鹦哥嘛。鹦哥见到他，翘嘴说道："万事如意，心想事成。"

郝胜朝它一撇嘴，这家伙除了耍贫嘴，没什么可写的，让它一边戳着去吧。像是要唤起郝胜的注意，客厅沙发下卧着的一只胖花猫"喵喵"叫了两声，它也是归入"只"类的呀。可这肉嘟嘟的吃货，除了贪吃就爱睡觉。把它抱到投影屏下，面对那么热闹精彩的卡通片，它居然睡着了；拍它一下，翻个身又入了梦乡。唉，明摆着也是个码不成

文字的角色！

　　看来想"好一只"是好不成了，郝胜给电脑关机。傍晚还有个重要的约会呢。

　　吃了晚饭后，小云留在家里。郝胜拉着妈妈上了自家的轿车，母子俩要到哎哟家里做客。这是由哎哟鼓动的，为增加艾教授与郝母的接触，哎哟说服艾教授请郝胜一家人来家里玩。他常去郝胜家，也该让人家来家坐坐嘛。艾教授说"也是"，他其实也很想见到郝母。

　　虽然轿车能自动驾驶，郝母还是喜欢自己开车前行，由郝胜指路。他嫌妈妈开车"肉"，要替妈妈驾驶。他嚷着："让我开吧，我有特批的驾照！"

　　"不行，坐你开的车我心惊肉跳……"

　　妈妈平平稳稳把车开到艾教授住处的门前。

　　艾教授和哎哟把郝家母子迎进室内。教授斟上香茶，和郝母对坐在小客厅叙谈。哎哟则拉着郝胜在家里参观。在进门大客厅迎面墙上横着一根电镀杆，上面站立着一只猫头鹰。这鹰一身深灰色的羽毛，两只大大的黄眼眶里黑眼珠炯炯有神，间或扭转颈部，打量一下四周。它的脚爪抓在横杆上，身上没有链子拴着，是放养的。

　　"你家养了一只猫头鹰？"郝胜指着墙头问。

　　哎哟点点头。

　　"它是吃活食的，喂它什么呀？"郝胜又问。

　　"不用喂，它什么也不吃。"

"为什么呢?"

"因为它是一只机器鸟。"这时换成哎哟指着墙头说了,"教授研制了它,它的职责是警戒、报警,对非法闯入者实施攻击。教授还把它的功能编入了我的程序,我可以用意念指挥它行动。"

"什么是意念指挥?"郝胜不懂。

"我想让它做的,发个指令它就会去做。给你表演一下吧!"

"MTY!"哎哟喊了一声。

猫头鹰听到呼唤,扇动翅膀欲飞。

"MTY 是猫头鹰的拼音缩写,也是它的名字。"哎哟解释说,"我让它在客厅上方绕一圈,看着——MTY,飞!"

猫头鹰听话地一跃而起,从郝胜二人的头顶掠过,沿着四壁上方飞翔了一圈,又落到横杆上。

"我让它给我取面巾纸。"哎哟吩咐道,"MTY——去!"

猫头鹰振翅直奔柜头一个纸盒而去,叼住一张纸巾,飞过来,递到哎哟手上,再落回原处。

"有意思,"郝胜看着新奇,又问,"它会捉鼠吗?"

"应该没问题,可是没试过。"哎哟说到这里想到个主意,"我们现在就带着它去郊区捉田鼠玩,你说好不好?"

"那当然好!"郝胜赞同。

哎哟拉着郝胜走到小客厅,向艾教授说出携带猫头鹰去玩的请求。教授同意了,告诉小哥俩遇到麻烦及时和他

联系。

哎哟推出一辆摩托车。郝胜驾驶，哎哟仍坐后座，猫头鹰伏在了哎哟的肩头。这让街头的人看到了挺新鲜的一景。

天色已经黑下来了。摩托车向郊区疾驶而去。车上两个少年交谈说，猫头鹰在夜色中捕捉田鼠一定会很精彩。

两旁灯火通明，摩托车穿越一个大镇而行。在一个十字路口，簇拥着好多人，车辆行驶不畅。在地铁站口还拉起了警戒线，由荷枪实弹的武警把守，一些交警在疏导车辆、行人。

这里发生什么事了？

郝胜停车向路人一打听了解到，有个壮年男子尾随银行取款人逼问出账号后被警察追赶，逃入地铁进站口。他用刀劫持了售货部的女售货员当人质，向警方索要巨款和用来逃跑的汽车。警方正远远地围住他，和他谈判。歹徒情绪不稳定，气焰却嚣张，后果难料。

"我们应该看看去。"郝胜提议。

"好。"哎哟抱着猫头鹰下了车。

郝胜把摩托车停在路边，和哎哟走向悬着红蓝布条的警戒线。当守卫的警察拦下他们，郝胜出示了少年特警团的证徽，警察放行了。两个人走下地铁楼梯，看到这里已聚集了大批警察。透过围拢的警察，可以看到售货部柜台里灯光昏暗，一名警官在外面开导劫持者，而持刀的歹徒

121

不时大声叫嚷，一手搂住人质，一手把刀刃按在人质的脖子上。从远处就能看到，人质的白衬衫上已被滴下的血染红了一片。武警中的狙击手也调来了，可是劫持人质的歹徒有反缉捕经验，他用酒瓶打碎了两盏大灯，只亮着一盏暗小的。他老让人质的头挡在前面，自己的脸在后面晃。狙击手派不上用场。解救现场的指挥人员一面和歹徒谈判，周旋拖延，一面抓紧研究着对策。

"可以用猫头鹰突袭，它能制伏歹徒！"哎哟向郝胜耳语。

"有把握吗？"郝胜问。

"我看猫头鹰能行。"哎哟很有信心。

他们抱着猫头鹰找到现场指挥者。郝胜再一次拿出证徽，说明他俩是少年特警，要协助擒凶，使用猫头鹰啄击歹徒，夺下他的刀子。

"用动物？"一位现场指挥打量着郝胜、哎哟和他抱着的猫头鹰，"我们本想用猎犬，猎犬虽勇猛，跑动还是慢，行动容易失败，所以被我们否了。"

"这猫头鹰不是一般的鹰，它是机器鸟，飞速和射出的箭一样快。"哎哟拍拍猫头鹰的头，加以说明。

"真的呀！"几位指挥一听，都对眼前的猫头鹰刮目相看了。

他们商议了一下，听说少年特警团团长是欧阳华，认识的，马上拿出话卡联系。

只过了十来分钟，欧阳华乘坐一架小型直升机降落在镇外一块空地上。他跑进地铁站口，看到了现场的紧张气氛。此时歹徒拼命喊叫警察后退，让给他拿巨款、备车，威胁不照办就刺死人质。谈判的警官则劝他冷静，说正从银行提现金，找他要的车，尽量拖延时间。

欧阳华赶紧向哎哟询问了解猫头鹰的性能，接着联系艾教授，咨询使用猫头鹰制伏歹徒的可行性，并得到肯定可行的回复。欧阳华和现场指挥磋商后，为稳妥起见，让哎哟把猫头鹰抱进一个空旷的大厅，再把一排小啤酒瓶盖用强力胶粘在一块大木板上，放猫头鹰去啄。哎哟发令让猫头鹰去啄当中一个灰白色瓶盖，猫头鹰嗖一下飞出去，一下啄穿了瓶盖中心，连后面的木板都钻出了小洞。转瞬之间，猫头鹰飞回哎哟怀中，喙部安然无恙。

"就让这猫头鹰上阵吧！"

现场指挥们有了一致的意见。哎哟抱着猫头鹰悄悄回到劫持现场，隐蔽在警察的身后。

从售货部传出的狂喊声中，可以知道劫持者已呈现出发疯状态。他号叫警察快拿钱来，用刀几次划在人质身上，人质坚持不住，快要倒下了。

行动人员部署好后，欧阳华向下一挥手，朝哎哟做出行动的手势。哎哟凑近猫头鹰发令："MTY，上！"

不等哎哟音落，猫头鹰翅膀一扬，像黑色的利箭，向前射去。歹徒看到一束黑色的物体飞向自己，惊慌中还没做出反应，一个钢锥样的重击已落在他持刀的手腕上，刀子掉在地上。解救队员一拥上前救下人质，把歹徒扑倒，铐住他一只手后，赶紧对另一只重伤的手进行包扎，押送他到他该去的地方。人质受了皮肉伤和惊吓，也送往医院了。

猫头鹰在解救被劫持人质事件中，功不可没。哎哟和郝胜在这里逗留的时间也够久。他们知道太晚了，不能再带猫头鹰去捕鼠了，便骑上摩托车返回。

虽然没看到猫头鹰野外捕鼠，郝胜并不觉得遗憾。他有了写作文的好材料。他想好的题目是：《好一只猫头鹰》。

哎哟拦车

在国道上设卡查车，查获了多批走私动物和物品后，挟带走私品的车辆不再出现了。欧阳华和方局长研究认为，走私有暴利，贩毒分子不会因受到打击收手，他们一定会另找路径，重操旧业。

一段时间，城四郊各公路、环路都未发现贩毒走私车辆的痕迹。欧阳华和身边的参谋有些纳闷，贩毒分子肯定在活动，他们使用了什么障眼法呢？不久，他们缉捕了一名贩毒分子，这个人与马龙走私集团的人员有交叉联系。他供认最近走私集团花重金租用国际商用卫星，这种卫星对全球所有地域提供即时精确影像。这一来走私集团就探知了城郊各路段警车、警员的分布情况，他们挑选山路，躲避而行，贩毒走私照干不误。

欧阳华提出了应变方案，经市局批准，改装了一部分警车，对驾驶员进行强化培训。郝胜和哎哟也参与到里面。他俩开的是一辆颜色粉嫩的小型车，从外观上会让人以为开车的是年轻的女孩子。郝胜和哎哟连续几天泡在练车场上，进行高速驾驶、同侧两轮离地、过独木桥以及夜行、风雨行等训练。与此同时，艾教授研究出一种全息透视仪，可固定在轿车内。用它瞄准驶过的车辆，即能将车内司机、乘客以及机车的各个角落扫描透视，定格分辨，让毒品、走私货一览无余。

新一轮缉私开始了。改装的警车在走私车可能途经的路段就位。郝胜和哎哟开着他们的小粉车也停在一个山路口。

哎哟眼望装在车上的透视仪荧屏，对过路的车辆进行扫描检视。他检查到一辆快速驶来的货车时，发现车内几个木箱中装有禽鸟，经定格细看，他确定箱中装的是鹰隼。

"车上装有走私动物，快追！"哎哟叫道。

在郝胜发动汽车的同时，哎哟按下了联动出击按钮，告知周围警车上的人员：联网的线路图上已标出走私车行进的轨迹，赶快围堵。

郝胜驾驶着粉色车紧追在那辆货车后面。货车在山路上左绕右拐，司机注意到了跟随的粉色车，并不在意。在一个宽敞处，郝胜熟练地驾车超到货车前面。哎哟摇下车窗玻璃，伸出手去把一个警灯放在车顶部。警灯立即鸣响警笛，闪烁眩光。哎哟拿起一个话筒向后面货车喊话："我们是特警，执行任务，请后面的货车停车检查！"

哎哟连喊了几遍，货车毫不减速，更没有停车的意思。

货车驾驶员听到哎哟带着童声的喊话，可能完全没把前面的粉色车放在眼里，或是在想：你在前边又能怎样？敢阻挡我，一轮子就把你撞出去。

　　看到喊话无效，哎哟拿起一个路障三角钉，从窗口向车后抛出去。后面的货车看到，一偏车轮闪开了。拐过一段山路后，哎哟接连把两个三角钉向车后抛出。货车司机在慌乱中，驱车躲开一个路钉，却被另一个三角钉扎住后轮轮胎。轮胎被扎破，高速行驶的货车猛然跑偏，车的前轮撞在山路旁的石桩上。驾驶室的前部严重受损，司机被卡在座位上，下肢流血，动弹不得。这倒防止了他弃车逃跑。

　　郝胜把车停住后，和哎哟下车查看了一下撞毁的货车。这时，欧阳华乘车和几辆参加围堵的警车先后赶过来了。又联系来了消防车和救护车，破拆货车驾驶室救出被卡在车里的司机，检查伤势，送往医院处理。

　　警员从货车车厢装载的木箱里搜找到五箱共十只东南亚鹰隼，还有一大箱珊瑚，都是属于国家禁止贩卖贩运的物品。欧阳华围着货车看了一下，发现车前车后都装有摄像头，不用说，这辆货车被追踪、拦截的过程都被拍摄并传送出去了。他知道走私团伙已组合打造成了贯通国内外的产业链，每一环节出了问题，会很快进行修补。作为走私集团对立面的公安缉私人员，不可以有丝毫松懈。

　　果然，走私车辆迅速改变了脱逃招数。

127

这天，郝胜、哎哟坐在蒙了漆膜的奶白色轿车里，检视经过山口的车辆。他们发现一辆货车装有走私货，赶紧启动车子追上去。货车司机在山路上疾驶狂奔，发现奶白色小轿车紧追并喝令他停车后，用宽大的车厢左拦右挡，不让轿车超越到前面。

驾驶轿车追赶的郝胜一看超车不成，随即使出了早有准备的一招。坐在副驾驶座位的哎哟从头顶处拉下另一套方向盘和插接管，向下面一压，与油管、刹车制动卡口嵌合，按动一个键钮，只听"咔嚓"一响，轿车从左右断开，一分为二，成为两辆独立行驶的大马力二轮单车，向前面货车超去。这可是货车司机想不到的。他扭转方向盘阻挡，两辆单车左右奔突，他顾了挡这辆，拦不住那辆，结果让哎哟超到了前面。哎哟向货车车轮抛出一对锋利的三角铁钉，货车一个轮胎被扎，"砰"的一声爆胎，车子只能停下了。驾驶单车的郝胜绕过货车，靠近哎哟的单车，贴上去，又是"咔嚓"一响，两辆单车合二为一，郝胜和哎哟又坐在了一辆轿车里。他们从两侧开车门下车，冲到货车两侧，控制司机，等待其他警车到来。

在以后的追逃相斗中，走私货车上使用了厚胶防扎车轮，哎哟手里则多了一款艾教授研制的枪械。追击前方的走私车时，用枪瞄准一个橡胶车轮射击，自动制导的弹囊就会飞向车轮，随着弹囊的炸裂，会迅速膨胀出大量浓缩的黏稠化学物质，将车轮和车厢底板粘在一起，车子也就

开不动了。

　　看到哎哟一枪就能强迫走私车"刹车"，驾车的郝胜拍拍方向盘连说："好玩，好玩！"

　　"要是在追捕马龙时给他一枪，你觉得怎样？"哎哟问。

　　"不用说就更好玩啦！"

　　两个人大笑。

　　较量在继续，走私集团还会使出什么新招呢？

真假哎哟

　　这天，郝胜和哎哟开着一辆蒙了红色漆膜的轿车来到山口，在路边"趴活儿"。哎哟在车里用全息透视仪向经过的每一辆货车扫描着。

　　车载电台响了，传来欧阳华的声音："郝胜，郝胜，你听到了吗？"

　　"我是郝胜，我听到了，团长！"郝胜回答。

　　"在你们车南大约三百米、公路拐弯处，一辆油罐车和一辆装食品的大货车追尾。为防止火灾发生，你们车上赶快下来一个人，到撞车现场抢运货物！"

　　听团长把话说完，哎哟说："郝胜，我去搬东西，反正也不会累，你守着车吧。"

　　"行，就这样。"

　　哎哟推开门向南边跑去。

　　郝胜坐到哎哟的位置上，眼望透视仪向经过的车辆扫描。他一边看一边想，现在如果发现了走私车，他就独自

驾车追上去。然后，一手把握方向盘，一手射出膨胀弹囊。可是，一只手端枪能瞄得准吗？没有把握。看来身边有哎哟为伴，和他协同行动，事情才好干啊！

郝胜正想着，车门拉开，哎哟上了车。

"你这么快就回来了？搬完啦？"郝胜问。

"还没搬完，团长说他有事找你，让你快去！"

"好，你守在这里，我去。"

郝胜下车，甩手关上车门，急匆匆跑到撞车现场。几辆消防车也赶到了，一些戴着头盔的消防人员正往泄露在地面的油液上撒沙土，处理破损的油罐车。赶来的特警人员都在忙着把散落在路面的食用油桶箱、面粉袋往一处路边空地搬。郝胜跑过去问团长在哪里，搬东西的人摇头说不知道。看他们忙碌地跑来跑去，郝胜先不忙找团长，也搬起了放有桶油的纸箱。搬了两趟后，郝胜放下纸箱，直起腰，一抬头，只见哎哟抱着桶箱跑过来，他赶忙问："哎哟，说好你守车的，你怎么跑来啦？"

"我一直是在这里搬的，什么时候守车了？"哎哟反问。

"这就怪了。"郝胜搔搔头，从口袋里摸出话卡，接通了轿车的车载电台，他喊着："喂，喂……"

一个熟悉的声音传过来："郝胜吗？我是哎哟。有什么事？"

"你在车里吗？"郝胜问。

"在呀，我守在车里……"

郝胜听到这里，又定神看一眼眼前的哎哟。这真是见了鬼啦！难道有两个哎哟吗？

郝胜夺下哎哟抱的桶箱，放在脚下，一把拉起他，向山口停着的车子飞跑。两个人跑到车前，郝胜拉开车门，车里还坐着一个哎哟。

"快出来！"郝胜向他喊道，"你们是怎么回事？"

车里的哎哟下了车，一眼看到和郝胜一起跑来的哎哟，指着他叫道："你不是哎哟，你是仿冒的！"

"你才不是，你是假货！"另一个也大声喊。

他俩一边嚷叫着，一边往前凑，然后互相推搡，扭在一起。

郝胜上前拉住，看看这个，瞅瞅那个，劝阻他们说："你们两个肯定一个真，一个假。我说不准，我让团长来辨认你们！"

这边一个哎哟同意："让团长来辨认吧！"

对面一个哎哟赞成："好，快找团长来！"

郝胜联系上了欧阳华，向他报告："团长，我这里出现了两个哎哟，您快来看看吧！"

"有这事？你等着，我马上去。"

欧阳华这时正在撞车现场指挥疏导交通。他安排了一下，带着几个警员奔向郝胜所在的山口处。

两个哎哟一见欧阳华到来，都冲到他身边，争着指着说对方是冒牌货。欧阳华让他们别吵，说都站着别动，对

他们仔细端详。两个哎哟个头一般高，脸型一个样，声调没差别，服装也一致。从外观上看不出真伪。欧阳华想起哎哟有特殊装备，抓住一个哎哟的手，这哎哟二指一捻，掌中映现出浅蓝色的掌屏。另一个哎哟不等欧阳华抓他手，自己先把左手的掌屏亮出，伸到欧阳华身前，让他验看。欧阳华又让两个哎哟转身，亮了能攀爬墙壁的鞋底。他们的鞋子也是一样的。

"我辨认不出你们，可是艾教授肯定行。"欧阳华审视着两个哎哟问，"你们都敢和我去见艾教授，让他检测吗?"

"当然敢!"一个哎哟口气坚定。

"快去吧!"另一个哎哟也很自信。

欧阳华安排人继续在红色车上值守，他让几名警员和两个哎哟上车，又让郝胜随行，一起向艾教授家驶去。

艾教授看到警员看护着外貌完全相同的两个哎哟走进家门，并没有感到惊讶，相反却像是早有准备。教授把欧阳华拉到一边，和他耳语了几句，便让两个哎哟分别坐在两个半倾斜的椅子上，用夹板套住手脚。接着教授从柜子里取出一个检测仪，拿起一个接有管线的探头，走近一个哎哟，当着众人在他的后颈处扫描。随着仪器上绿灯闪烁，只听仪器内有语言提示：

该检测对象真实无误。注册编号 A3。

教授手持探头，转身走近坐在另一个躺椅上的哎哟，扫描他的后颈部。这一次，仪器上亮起红灯，传出的语言提示是：

该检测对象经防伪标码识别为三无假货。

"一清二楚啦，"艾教授指着假哎哟告诉大家，"这是个假冒的，是赝品。"

欧阳华、郝胜和警员围到假哎哟坐的椅子前。郝胜指着他问："你还有什么说的？你别想装啦！抵赖不了啦！"

假哎哟的两眼中显露出恐惧、绝望的眼神。

忽然，他的双眼一闭，从胸部衣缝处冒出一股白烟。

"不好，"艾教授急说道，"他用意念启动了自毁设置……"

郝胜赶紧去拉假哎哟的胳膊。

"没用了。"教授摇摇头。

他掀开假哎哟的上衣，露出表面皮肤，只见胸部已烧成黑黑的一片。教授拿起切割工具，剖开外皮，拉出线路板查看。然后告诉欧阳华："主线路板全部烧毁，其中连接内存的管线也毁坏得很彻底。"

"毁了内存？"欧阳华问教授，"害怕我们知道他做了什么吗？"

"我想他是做了的，只是现在不能查了。"教授感到

遗憾。

哎哟这时已从半躺椅上站起身。他走到已不能再动的假哎哟身边，气愤地大声说："竟敢冒充我，好大胆子！你是自取灭亡！"

正在思忖中的欧阳华听哎哟这样一说，问艾教授："这个假哎哟跑到我们这儿来，他的主人肯定知道他会被我们甄别识破吧？"

"对，他不会没有企图，找上我的家门白白送死，应该是另有目的。"教授分析说。

欧阳华点点头。他让郝胜和哎哟把假哎哟出现的前前后后又讲了一通。他问郝胜："假哎哟说我找你，哄骗你离开车子，当时车上就他一个人吧？"

看郝胜点头，欧阳华醒悟道："明白啦，这时有走私车来，假哎哟就大开绿灯啦……走，我们快到山口车上去查！"

匆匆而来的几个人，告辞艾教授又匆匆离去，只留下了一具假哎哟的残骸。艾教授感觉烧毁的残骸已失去研究价值，遂通知回收站来车拉走。

欧阳华等人乘车回到山口路边，上了红色轿车，调看假哎哟独自在车上时透视仪的扫描记录。结果发现扫描仪记录了一大段天空的云彩。

欧阳华联系请示了方局长后，通知前方路站排查那个时间段所有过路的车辆，并请相邻省市检查站协查。由于部署及时，在山口的出口处查获了一辆文物走私车。司机在审讯中供认，他的车就是在郝胜离开车时经过山口的。车上藏有远古鸟化石和南亚已灭绝的几种鸟的标本，都是极其珍贵的。

又一个哎哟

　　发生了真假哎哟事件，又查获了文物走私车后，欧阳华以为从山路走私的车不敢再来了。谁知道一连多日他们又查扣了载有走私品的货车。只是车上的走私物品量不大，价值也不高。走私分子明知会被查获，偏偏硬干，这让欧阳华感到不够正常。

　　就在欧阳华有些疑惑时，方局长通知他参加一个案情通报会。在会上欧阳华听到通报说，近日艾教授住处周围接连出现了可疑的陌生人，停留在教授家门对面路边向他家窥视。此外，市局刑侦人员和艾教授一起分析假哎哟的出现，确认他除了掩护文物走私车进山，在进入艾教授家接受识别时，已用他的电子眼将艾教授住宅的房间规格、门窗朝向、家具摆放等情况在第一时间传输出去了。这些迹象表明，犯罪集团与机器人哎哟的几次较量没有占到上风，他们准备对哎哟的发明人艾教授下毒手了。继续货车走私，其用意是吸引警方注意力。而哎哟参加查车，艾教

137

授独自在家，正是罪犯动手的时机。方局长要求市局各职能处、队做好部署，外松内紧，准备挫败犯罪集团的阴谋。

散会后，欧阳华调整了特警人员的配备，悄悄抽调了人，换便装在艾教授住处附近警戒守护。

艾教授全身心投入电子科技研究，在饮食上随意而不讲究。教授家街道西口处是餐饮一条街，各种口味的餐馆、饭庄、小吃店两厢排开。各家门店的送餐卡号都录入在艾教授案头的话卡上。他想吃哪家的食物，按卡号一说送餐服务员就会按时间送到。艾教授早餐自己弄点牛奶、面包、肉肠、鸡蛋吃吃，午餐一般让一家饭馆送两个家常菜和一点面食用。这天饭前艾教授又通知饭馆送餐。

一位年轻的女送餐工提着餐盒上了一辆低矮的小四轮专用车。她梳着马尾辫，身穿蓝色白点店装。开车拐进艾教授住的街区后，她看路上车少人稀，便加快了速度。谁知驶过街边一辆停靠的货车时，货车前忽然闪出一位老者。送餐工刹车不及，老者倒在了地上。

"撞着了吧？"送餐工急忙下车搀扶。

"你开得太快啦！"

不知从哪里跑过来一位披肩发女子，她一边指责送餐工，一边扶老者起来。

"我不要紧……"老人慢慢站起身。

一位交警赶来了，他先问老人："老大爷，要不要去医院检查一下？"

"我就是摔倒了，没伤着，让她走吧……"老者说。

"没事当然好，不过我要做一下笔录，以免以后产生纠纷。"

交警拉开货车车门上了车，车下的人也都坐到车内。送餐工夹坐在老者、交警中间。交警说是做笔录，一只手却从包里掏出一个针管，用另一只手抓送餐工。送餐工感觉不对，她惊叫道："你要干什么……"

交警嘴角撇出一丝笑意，那边老者一把搂住送餐工身体，用手捂住她的嘴。交警手持的针管针尖已隔着衣服扎入送餐工的胳膊，这女子触针后马上瘫倒在车座上。

老者见状，从身旁一个箱子内拿出一个细长的罐体，向送餐工面部、耳朵、颈部均匀喷射出一种乳胶，乳胶随即凝固成为一层胶膜，老者把它从送餐工脸上揭下来，贴附在前座披肩发女人的脸上，这女人立刻换上了与送餐工一模一样的面色、五官。老者又打开一个皮箱，找出一顶与送餐工马尾辫相仿的假发，拿下女子的"披肩发"，让她戴上去。

"好，"交警打量她一下，下指令说，"按下一步计划进行，我们开车在街上接应你，祝你好运！"

仿冒的送餐工点点头，从货车上下来，开动送餐车向目标处驶去。到了艾教授家门前，她停车按了门铃。这在他们以前窥察时，每次送餐工都是这样做的。

艾教授坐在客厅沙发上翻看一本外文杂志，等待着送餐工来送午餐。送餐工进门后没有主动向他打招呼，而是一声不吭朝他走来，这让教授感觉蹊跷。教授从杂志上抬起头，盯着她看。这送餐女紧走两步丢开餐盒，扬起左手，只见一只颜色鲜红的小鸟从她袖口飞出，然后嘴巴一张，向艾教授喷出一束霰弹。就在小红鸟飞出时，哎哟从沙发后闪出身来，已将艾教授挡住。霰弹射在他身上，如同落在了树木上，没有杀伤力。哎哟的出现让行刺者感到意外，他们本以为此时这里只有艾教授一个人的。这时几名持枪的特警人员从门外进来。不等小红鸟再向艾教授开火，横杆上的猫头鹰已一跃飞下，伸出利爪将小红鸟擒在身下。行刺者右手抽出一把大口径光子枪，搂扳机向哎哟射去，威力巨大的光子弹射在哎哟胸口上，他向后一仰，倒在艾教授怀中。一名特警队员扑向了行刺者，挥枪托把她的光子枪打落在地，几个人把她按住。

哎哟倒在了沙发上，他的胸口处炸出一个大洞，露出了残碎的线路板。

欧阳华安排自己的队员一直在艾教授家周围警戒。送餐车后面跟随的货车，已被他们注意很久了。可是驾驶货车的人很狡猾，发现被跟踪，迅速溜走，然后抛车。车里仅留下了一具被杀害的送餐工尸体。

艾教授家里一场战斗结束，欧阳华赶过来，他进门看到躺下的哎哟，忙问教授："教授，哎哟明明在山口查车，怎么会出现在您家里呢?"

"这个哎哟是刚刚下线的，编号是 A4。可惜呀……"

"伤得很重吗？"欧阳华探下身看。

"已经难以抢救了。"教授说，他不忍心说"完全报废"。

"罪犯虽然给我们造成了损失，他们也付出了不小的代价。"欧阳华宽慰教授，"您的猫头鹰擒住了机器鸟，我们的战士也活捉了一名歹徒。我们要审问她，搞清一些情况。"

欧阳华回到市公安局，方局长指示他立即对抓获的罪犯预审。在一间审讯室里，罪犯经安检被剥去了面膜、假发，她的实际年龄在三十岁左右。审问开始，罪犯摆出一副满不在乎的对立态度，问她话，眼一斜，头一扬，拒不回答。

"问你话，这是审问程序，你可以保持沉默。"欧阳华正告她，又说，"其实你的很多材料我们已经调查清楚了。"

被审问的罪犯坐在专用椅上轻蔑地一撇嘴。

"不相信吗？"欧阳华拿起一沓材料，"给你念几条，你看对不对。你叫卓群，本市人，三十五岁，你从小父母因工厂火灾事故双亡。你和你弟弟二人由外祖父母养大。你中学毕业后进体育学院，是高才生，几次在田径比赛中夺得冠军。没说错吧？你化装成老年的萧洒，住在郝胜家的楼下，在房间留下了指纹，被我们比对查出真实身份，也是你没想到的吧？"

听欧阳华说到这里，她仍是一脸不屑，但在认真听着。欧阳华又说："由于你弟弟突患急病，需要一大笔钱，你为给他医治借了高利贷，又被逼债，被犯罪分子拉入团伙。其实，这都是犯罪分子为搜罗人手，看你身体矫健，为你设计的圈套。他们先让人在你弟弟喝的饮料中偷偷撒下药粉，使他昏迷，加以抢救、治疗都需要钱，用这个引你上钩。你并不知道，让你为他效力的就是残害你弟弟的凶手！"

这一段话着实让靠在椅子上的女人震惊，她直起身子问："你这样说，证据呢？"

"当然有，给你弟弟下药的人，因别的案件被抓，交代了毒害你弟弟的罪行，他还供认指使他干的就是你们的头目马龙。这里有供词的复印件，你看一看——"

一位警察把供纸拿给她过目。她看着，往椅子扶板上重重打了一拳，大声喊道："这个没有人性的马龙，我恨死他啦！"

她说自己的确是叫卓群。她交代，大肆走私动物、文物，诱捕哎哟，给他装芯片，在安宁桥放炸弹，在崇国寺树林炸死霍焰旺，用假哎哟以假乱真，以及这次要加害艾教授，都是马龙他们一伙人干的。马龙的走私团伙受国外犯罪集团领导和指使，有三个人，一切事由马龙做主。马龙单线和贩毒、技术、交通、财金等团伙联系。走私团伙除马龙和她，还有一个姓姚的，本来是留学欧洲的高级科

技人才，因贪财被拉入团伙，给哎哟装芯片、弄出假哎哟，都是他从技术团伙搞到元件后鼓捣而成的。姓姚的在整容化装上颇有一套，马龙和她背后都叫他"老妖"。这次去艾教授家，老妖化装成老头，马龙装扮警察……

"你们活动的住处在什么地方？"欧阳华问。

"几天一换。"

卓群说了最近的据点在城中火车站旁的一个楼区里。欧阳华让人去搜查，那里早已人去楼空了。

哎哟的快乐

　　这是市科技馆的后花园。现代化新式亭、阁、长廊错落有致，湖面起伏着音乐喷泉，水鸟在水中游弋、嬉戏。

　　在花园的一个宁静之处，小松柏树排列成行，绿草如茵，野花竞放。少年特警团的大旗在这里飘动，小团员们列队，鼓乐齐鸣。郝胜宣布：哎哟（A4）的树碑仪式开始。两名团员抬过刻着"少年英雄哎哟（A4）之墓"的汉白玉石碑，安放在放有哎哟（A4）衣物的墓穴前。在这石碑旁，还树立着以前立的"少年英雄哎哟（A1）之墓"和"少年英雄哎哟（A2）之墓"两块石碑。

　　团员们向墓碑敬礼默哀后，欧阳华致辞，号召少年特警学习哎哟（A4）的英勇无畏战斗精神。市局方局长赶来参加了树碑活动。艾教授和郝胜的妈妈、表姐小云还有一些小团员的亲属也纷纷到场。小云在现场写了一首诗，站在墓碑前朗诵。诗云：

禽　篇

虽然……
——写在哎哟（A4）墓碑前

虽然你的生命短暂，

可是你光华不灭，义薄云天。

你像灭火的 A1 一样敏捷，

你如扫毒的 A2 一样勇敢。

用无所畏惧迎战歹徒，

以视死如归抗击敌弹。

你用实际行动引我们思索，

你以英雄之举明我们信念：

一个人留给世界的价值，

并不取决于他生命的长短！

虽然你的生命短暂，

但你永远活在我们心间。

　　哎哟也排在队列中参加了树碑仪式。他和其他小团员的心情是不同的。他感觉先后殉职倒下的 A1、A2、A4，像是他的三个孪生兄弟，又感觉 A1、A2、A4 并未消失，而是大难不死，和他并存在一个身体中。总之，他从大家对A1、A2、A4 的追思怀念中，感受到了浓郁的人性温情，这激励他要更好地完成所肩负的打击犯罪的特警任务，同时也要很好地享受生活。

在走出科技馆大门时，哎哟走到欧阳华身旁："团长，我有个事要和您说。"

"好啊，上我的车吧，"欧阳华拉住哎哟胳膊，"咱们边走边谈。"

上车后，欧阳华让车自动驾驶，并问坐在副驾驶座上的哎哟："你想说什么事？开口吧！"

"有件事想请团长您帮忙……"

"帮忙？只要我能帮得上，什么事？"

"那我就说了。"哎哟不紧不慢言道，"我感觉艾教授和郝胜的妈妈都是非常好的人。两个人单身，是初中同学，见面很谈得来。我希望他们能组成一个家庭。我想过办法增加他们的交往，但他们的关系总是没有进展。我想请您出面……"

"你是说让我当介绍人，让艾教授和郝胜的妈妈结婚生活在一起吗？"

"是呀。"

欧阳华笑着一拍方向盘说："我管，我帮。听你一说，我还真觉得他们两人很般配。"他想了一下又说，"不过我这人笨嘴拙舌，给人说亲做媒怕是不能像查案子那样专业。

可是你放心吧，我有个帮手，比我这方面能力强。"

"您说的帮手是谁呀？"

"金霞嘛，比我能说会道。你就等着听好消息吧！"

金霞为人爽快热情，听欧阳华说让她帮忙撮合艾教授和郝胜妈妈的婚事，晚饭也不吃了。两人驾车先来到艾教授家，说明来意。金霞还把了解到的郝胜妈妈人品等方面的情况介绍了一番。艾教授对郝胜妈妈很有好感，多年来只是钻研工作，没有恋爱经验，不善表达。现在有人来帮他推开婚姻殿堂的大门，让这个已不算年轻的男人非常感激，他红着脸请欧阳华夫妇代他向郝母表达爱慕之情。

两人掉转车头又去了郝胜家。当郝母了解到艾教授心仪于她，便羞涩地表示她也很敬重艾教授的为人，愿意与教授走到一起。

"成功啦！"欧阳华在第一时间向哎哟爆出这一喜讯。

"谢谢团长，也谢谢您的夫人金霞！"哎哟把嘴巴凑近掌屏，激动地念叨。

"从声调中听得出你很高兴。"欧阳华随口问道，"因为你不在身边时艾教授不再孤独吗？"

"这是一方面，还有让我更快乐的。"

"是什么？"

"是个秘密。快为他们办婚宴吧，喝他们的喜酒时您就知道啦！"

"好，办婚宴的事我也包下啦，说办就办！"欧阳华大包大揽下来。

经艾教授、郝母两位当事人同意，两周后婚宴在一家酒店举行。大包厢里布置得喜庆典雅，宴会过程简单，气氛却很温馨，到场的除两家亲属，只请了欧阳华、金霞夫妇。艾教授和郝母坐在大圆席桌的上座，哎哟坐在郝母身边，郝胜、小云坐到艾教授一侧，金霞、欧阳华坐在教授、郝母对面。

在轻柔的《婚礼进行曲》乐声中，艾教授和郝母互换了戒指。大家起立举杯，祝他们生活幸福。又坐下后，哎哟拉了一下身旁的欧阳华，用欢快的语调说："团长，我现在告诉您我的秘密——我有妈妈啦！"

哎哟说着把自己的椅子拉近郝母，双手拉住郝母的手，满怀深情地望着郝母说："现在我想叫您妈妈，好吗？"

郝母看哎哟那单纯、真挚的样子，也动了感情，她搂住哎哟说："你和郝胜、小云都是我的好孩子。"

"我叫了，您要答应：妈妈！妈妈！妈妈！妈妈！"

哎哟偎依在郝母怀中，连叫了四声，郝母也大声答应了四声。

"这孩子，"金霞在一旁笑道，"你还想叫多少声呀？"

"告诉您吧，"哎哟诚恳地说，"一声是我叫的，那三声是我替A1、A2、A4叫的。他们在的时候也和我一样想得到母爱，想呼叫妈妈。我享受到了今天的快乐，我不能忘记了他们。"

"那三个哎哟也都是好孩子，我也忘不了他们……"

郝母说着，声音有点儿哽咽，眼圈儿也红了。一旁的艾教授见状，劝慰她说："今天大家都很高兴，别太伤感了。看看我送给在座几位的礼物吧！"

教授先让郝胜张开左手，在他手掌放置了为他制作的掌屏。郝胜用手指启动屏页，各种功能显现，他很高兴，使劲低头向艾教授鞠躬，连说："谢谢教授，谢谢教授！"

金霞提醒他："傻小子，你可以说谢谢爸爸啦！"

大家一齐笑。

"你的掌屏和哎哟的不完全一样，"教授告诉郝胜，"哎哟身上有电路连到手掌，掌屏有微缩功能。你的掌屏使用变形电池，只能贴附手掌，需要充电时要揭下来。"

"它已经很好啦，教授。"

郝胜张开手掌，玩着，说着。看来他一时是不好改口了。

艾教授送给小云的是一本电子版的百科全书，用手触摸就可检索查阅到生活在世界各地的禽鸟种类、形状、习性等。爱鸟的小云把这本书接在手里真是如获至宝。

了解到金霞是从事救助动物工作的，教授为她制作了一台微型手持检测仪。它只有剃须器大，便于携带，可在野外为受伤的动物照 X 光，探查骨骼、内脏损坏情况。金霞把检测仪拿在手里，也是心中欣喜。

"我的礼物呢？"欧阳华看在座的几人得到了好东西，

眼馋地问。

"呀，我把你忘记了。"艾教授脸露歉意，赶紧说，"你需要个什么物件呢？"

"好，那我不客气了，也给我配个掌屏吧，这东西高级、实用、多用。"

"行，我抽时间就做给你。"

"那先给您鞠躬啦！"

他学着郝胜的样子站起向艾教授深鞠一躬，把在座的人又都逗笑了。

在喜宴结束前，欧阳华举杯站起身说："我们今天喝的是喜酒，也是饯行酒。有关部门提出由艾教授、我，还有郝胜、哎哟组成一个代表团，赴日本鹿儿岛参加首届世界机器人大会和竞技比赛，很快就要动身。让我们为迎接新的挑战，干杯！"

兽 篇 ShouPian

哎哟在异乡

　　一架民航客机自西向东，穿越海峡，降落在日本九州的鹿儿岛机场上。

　　由欧阳华带队，艾教授、哎哟、郝胜等人组成的中国代表团远赴日本，参加首届世界机器人大会。参加这次盛会的国家众多，会议期间将召开专门会议，开设研制开发机器人论坛，进行学术交流；举办机器人博览会；展销机器人产品；组织各国参展团队与当地民众联谊联欢；进行竞技比赛等。大会丰富多彩的活动内容成了国际媒体报道的热点。

　　向大会报到后，中国代表团四个人住进了为他们安排好的酒店。他们放下行李就走出酒店大门，来到这异国他乡，自然是急切地想看看当地的市容地貌。

　　鹿儿岛是日本九州西南部的一个港口城市，工业发达。近些年当地的科研电子产品技术发展也很快，科技部开发的机器人产品，在这里得到了充分展示，当地以机器人为主角经营的餐厅、医院、剧场、公园等名扬海外，每年招徕众多游人到此观览、休闲。当地民众对机器人的喜爱和未来发展的关注一直热情不减。这也正是世界机器人大会选择在这里召开的原因。

欧阳华四个人漫步在鹿儿岛大街上。为迎接世界机器人大会在这里举行，城市街道两侧到处悬挂着彩旗和海报。一些商店橱窗里还摆放了早期的机器人代表人物，如阿童木，还有电影《星球大战》《终结者》《变形金刚》中的角色等。出现在身旁的游客、送餐工、出租车司机、指挥车辆的交警……其中有没有机器人，谁知道呢？

哎哟和郝胜一边游览，一边争辩着经过身边的是不是机器人。这要由艾教授来裁定，因为他身上带有检测器。他们绕行在人流熙熙攘攘的街市，欧阳华的话卡收到信号，当地警视厅发短信让他快去，有事联系。欧阳华把教授三人护送回酒店。这时警视厅已派车等候在酒店门前。

欧阳华进入到警视厅大楼后，一名警官把他请入会客室，接待告诉他，在中国代表团住宿的酒店房间外，有不明身份的可疑人走动，还向服务台了解居住人外出的情况。在跟踪可疑人时，拾到一个遗落的包，从包里找到一张艾教授的照片。警官说他们除加强在酒店的警戒外，提请中国代表团注意自我保护。欧阳华对当地警方的提醒表示感谢。

回到酒店后，欧阳华又收到国内方局长的传真件：

　　经查，与马龙一伙有关联的国际犯罪组织已派遣人员渗透到鹿儿岛，目标有可能是伺机对你们进行破坏活动，望严加防范。

　　欧阳华认识到了他们身处环境的严峻，他对艾教授三个人说："我们参加活动，一定要留意周围环境，防止出现意外。"

　　"你要多注意保护郝胜。"艾教授叮嘱哎哟。

　　下午，一家小学邀请哎哟、郝胜参加学校组织的联谊活动。据校方介绍，这所学校的很多学生都是机器人爱好者，组成机器人研究小组后制作出会下蛋的机器母鸡、会吐丝的机器蚕宝宝，还有能说能笑、能跑能跳的机器娃娃等。在全仿真机器人逐渐走进社会生活的今天，学生们很想近距离接触仿真机器人，了解他们的内心活动。学校从国际互联网上查阅知道中国机器人的研制、使用已达到世界先进水平，以及少年机器人的许多传奇故事，热情邀请哎哟到校与小学生们见面。学校特派安保人员和专车把哎哟和郝胜接到学校与小学生们聚会。

　　列队欢迎的师生把两名中国少年簇拥上学校礼堂讲台。从没在讲台上坐过的哎哟和郝胜，在台下黑压压上千名师生的注目下，都感到局促不安。好在学校的老师很有经验，主持的老师用亲切而循循善诱的提问，很快打消了哎哟的紧张情绪。哎哟掌屏的语言直译功能使他能讲出一口流利的日语，进行对话交流。在老师的诱导下，他讲述了少年特警团协同参加灭火、扫毒、打击走私犯罪以及他在其中发挥的作用。当他讲到破拆灭火、徒步飞檐走壁时，在师生的要求下，他扬脚展示了鞋底，然后沿着礼堂台口一侧的柱子行走上去，头朝下沿礼堂顶部走过，再从另一侧柱子上走下来。这神奇的表演赢得了全校师生的热烈掌声。

　　会后，学校的学生们呼啦一下子把哎哟围住，纷纷拉住他的手掌看，摸摸他的头发，问这问那。哎哟笑着回答着各种提问。学生们争着和他合影。哎哟抬头看到郝胜被冷落在一旁，急忙上前拉住他，用日语向周围的学生介绍："他是我们少年特警团的副团长，又机智，又勇敢，也立过功哩！"

　　"你是副团长？了不起！"

　　学生们知道郝胜和哎哟一起并肩战斗，也很佩服他，拉他照相，还让他在本子上签名。一场联谊活动给哎哟和郝胜都留下了难忘的印象。

　　在召开世界机器人正式会议的前一天，在机器人公园举办有各代表团和当地民众的游园嘉年华活动。警视厅那位警官约见欧阳华，建议中国代表团不要参加游园，因为公园里人员复杂，防不胜防。欧阳华表示，中国代表团来到鹿儿岛很受媒体关注，对代表团的日常活动有很多报道。游园这样的大型活动若是缺席，在日程上产生空白，是不

妥的。欧阳华说游园要去，还要避免出事。他提出了自己的防范意见，请警视厅给予协助。

在洋溢着欢乐、热烈气氛的游园会上，当中国代表团几个人行走在人群中，常有人友好地和他们打着招呼。欧阳华神态很放松地走着，但却在警觉地观察着周围的动静。他们观赏了人和机器人相扑、摔跤、散打比赛，又分别登上两人一辆的赛车，参加汽车踢足球比赛。十几辆汽车把一个充气大球向两边球门碰撞。比赛很热闹，汽车也撞得一塌糊涂。场上表现最好的当数郝胜、哎哟驾驶的车子，他们灵巧、敏捷，接连护住球，并把它推滚进对方大门。

他们玩够了，也走累了，坐在一条凳子上休息。在这里走动的人不多。一名戴着太阳镜的中年男子牵着一只狗溜达过来，对面一个中国姑娘抱着一只小狗和他相遇。不知为什么事，那男子吼叫着挥手把姑娘抱着的狗打落在地，姑娘质问他，他抡起巴掌往姑娘脸上就是一下。

"你住手！"艾教授第一个冲上前去。

"NO！"男子朝教授挥手，意思是不要他管。

"你打人不行！"艾教授义正词严，"你必须向她道歉！"

"向她道歉？"那男子换了中国话，"你知道我是谁吗？她是帮我一起来要你命的！"

男子后退两步，抽出一支大口径手枪。欧阳华这时已冲到他跟前，不等他举枪瞄准，一脚把他的枪踢飞。而那女子却掏出了枪，向艾教授胸口连击出子弹，艾教授手捂胸部躺倒在地。欧阳华挥拳把女子的枪打落，转身迎向扑过来的男子。两人带的两只狗则和郝胜、哎哟缠斗在一起。

枪声一响，在附近警戒的警视厅警员迅速包抄上来，他们用网枪瞄准目标射击，一枪一个把这一男一女连同他们的两只狗用网罩裹擒住。欧阳华忙跑过去扶艾教授，倒地的艾教授胸部被血染红，已停止了呼吸。

国际知名媒体在第一时间披露：世界机器人大会召开前夕，中国的机器人之父艾施遇害……

第二天，盛会开始。第一位走上讲坛宣读论文的正是艾教授。原来，遭凶手射杀的只是艾教授的机器人替身。为防不测，教授携带了准备好的线路图软件来日本，他优选了当地的元件材料，制作出自己的仿真机器人，成功挫败了犯罪集团制造惨案、想给中国抹黑添堵的阴谋。

艾教授在发言中总结了中国变革创新、大力研制电子技术机器人所走过的道路，讲述了中国新一代全仿真机器人在打击犯罪、消防排险等方面发挥出的特殊作用。他的发言在会场产生热烈反响，被各国媒体争相登载和报道。

哎哟也参加了大会，坐在会议厅里。听着艾教授讲话，他感到亲切、振奋。大会接下来就要进行竞技比赛，这也是他一展身手的时机了。他想一定不能让教授的心血白白付出，他要奋勇争先，战胜对手，为祖国争光。

哎哟帮熊

　　论坛大会开了两天，其间还开了机器人理论研讨会、机器人功用交流会以及机器人医疗护理、机器人模特、机器宠物产品交易订货会。大会的最后一项重要内容是人与机器人合作，进行生存比拼竞技和攀岩比赛。每个参加国可派出一名本国少年和一个本国研制的机器人组成一队参赛。中国的选手当然是郝胜、哎哟。他们与其他欧、美、亚洲的十二队选手一起登上大轿车，另一辆车上则载着主持比赛的官员、裁判、各参赛代表团领队等。

　　清晨，大轿车从鹿儿岛向东北方行驶，两个小时后车子停在一片旷野之地。迎面是起伏而上的山林。这里是一处原始自然山地保护区，山峰陡峭，树木繁密。选手要携带简单生活装备和少量食品，从不同的山口进入，用两天一夜的时间探险跋涉，抵达北峰下的营地。选手们被分别带到指定出发地后，校对好地图、方位，在同一时间出发了。

159

哎哟

郝胜和哎哟情绪饱满，各自背着一个双肩包踏上征程。开始走的一段路是山林边缘，还比较好走，走到山林深处，已经无路可寻，浓密的枝杈一层层挡在前面。为保护自然风貌，选手们不能带砍刀，也就不能披荆斩棘。他们只能钻行向前。沿途的草叶上凝结了不少露水，把他们的鞋面、裤脚都弄得湿漉漉的。

路途上虽然艰苦，但也不全是枯燥无味的。经过一片矮树丛，绿叶中开放着不同颜色的野花，有的艳丽，有的散发着奇香，蝴蝶纷纷在花丛中飞舞。头顶树枝上和草丛中有时会跳跃出松鼠、野兔。走进更深的树林后，从林木中几次闪出小鹿和狍子，瞪着眼睛望着这两位少年，看他们没有恶意，所以并没有惊慌害怕，忙于逃走。有的小鸟还落在他们伸手可及的枝头上，朝他们鸣叫着。哎哟看到一只凤头长尾多色羽毛的鸟落在林中空地踱步，扬起手掌为它拍照，向走在身后的郝胜说："这鸟挺好看，有点儿像孔雀。我照下来，回去让小云姐查查这叫什么鸟。"

"我刚才看到的一只鸟才漂亮呢，"郝胜向后一指，"那鸟白色羽毛、红眼睛、绿冠、黑爪、黄嘴巴，我看到的就有五种颜色。可惜我没想到给它拍照……唉，教授白给我掌屏了。"

"你呀！"哎哟也感到遗憾。

他俩登上一座高坡，钻出树林，沐浴在明丽的日光下。郝胜一屁股坐在山坡上，他问："我们走了多少里程啦？"

　　"十多公里，"哎哟从掌屏上查看了一下计程显示，"上午走的路程超额了，休息一下吧。"

　　"少爷我是该歇一下，吃点儿喝点儿啦……"

　　郝胜伸手摸到背上的双肩包，正想放下来，忽然从侧面山林处传来一阵低沉而带着颤音的吼叫，惊得树上几只小鸟扑棱棱远飞而去了。两个人连忙站起身，绕过山坡向发出吼叫的地方看，只见一只黑熊直立着两只后脚掌，把两只前掌扒在一棵大果树树干上。它窜动着身体向树干上爬。树干很粗，下部没有分叉，熊爬不上去。它焦躁地吼叫着，围着树转圈，一只后脚掌还一瘸一拐的。再一看，这熊的臀部有一处血糊糊的，像是受了伤。它上不去树，从地上捡起掉落的烂果子吃，嚼着，望着树上又大又好的果子，又是一阵吼叫。

　　"这熊可能饿了，想吃果子，可是吃不到……"哎哟分析。

　　"可能是吧，"郝胜拉唉哟一把，"别管它了，快赶我们的路吧，走——"

　　哎哟随郝胜走了几步，又停住了："这熊也就两三岁，它离开妈妈不久。听它叫得多可怜，应该帮帮它！"

　　"帮？怎么帮呀？"

　　"我有办法。"

　　哎哟说完绕着从远处走到熊的对面，让熊看到他，先稳稳站住，不使熊产生敌意。然后向前纵身，脚步轻捷地

161

踏树干上了树，他摘下一个又大又熟的果子，朝树下的熊晃了一下，向它扔去。熊张开大嘴去接，果子正好落在它口中，只吧唧了两下嘴，就又向上张开了大嘴。哎哟一连向它扔下十几个熟透鲜香的果子，它呼哧呼哧大口吞咽。郝胜也凑了过来，捡起熊没接住滚落在一旁的果子，也向它嘴里掷去。就这样，哎哟和郝胜向熊嘴几十次"投篮"后，总算把熊喂饱了。当从树上再扔给它果子时，它用长嘴一拨，不想再吃。

哎哟从树干上走下来，走到黑熊身边。看黑熊四脚掌着地一副吃饱悠闲的样子，哎哟伸手摩挲熊头部的鬃毛。熊闭上眼睛，低下头，感到受用，快活地轻声吼叫着。哎哟用手为它梳理皮毛，搔挠着。当他分开熊后颈部一绺毛，发现肉皮处伏着一只瓜子大的扁虱。哎哟将它捏住，拍拍熊的头，让它看一眼，再把扁虱放在石块上，一脚踩出了血。熊望着哎哟的举动，低声呴哞着，似乎感觉满意。哎哟受到鼓励，又从熊背和脖子周围捉到几只肥大的扁虱，一一踩死了。郝胜站在黑熊尾部，他告诉哎哟说："熊的屁股下边扎了一根木刺，已经化脓感染了……"

"为它治治吧，干脆帮熊帮到底。"哎哟说出自己的主意，"我们向它表示友好，把你的火腿肠拿给我一根。"

郝胜知道是喂熊，拿出肉肠，剥去肠皮，递给了哎哟。

一股肉香让嗅觉灵敏的黑熊兴奋起来。当哎哟把一根火腿肠送进熊的嘴里，喜欢吃盐的熊，吃到咸味的肉食，

禁不住吧唧着嘴，还吐出舌头舔哎哟的手。

"来，你站我这里来喂熊！"哎哟招呼郝胜。

"喂它可以，可不能让它舔我的手。"郝胜笑着说，"这哥们儿吃高兴了，没准就把我的手指当火腿肠啦！"

郝胜拿出一根火腿肠，黑熊一见向他张开大嘴。郝胜怕它扑过来，顾不上为它剥肠皮，忙把肉肠扔到那大嘴里。黑熊又美美地嚼起来，吐出肠皮，把肉咽下去，郝胜又朝熊嘴丢进一根火腿肠。

哎哟转到黑熊背后，他扶住熊的臀部，查看了一下熊的伤势，一只手试探着去拔扎在肉上的木刺。由于伤口处已经有些溃烂，化脓发炎，稍一用力就把一根尖利的木刺拔了出来。正吃着美食的熊有所感觉，只是又低低吼叫了一声，并没乱动。哎哟赶紧用急救包中的酒精棉为它擦拭伤口，又拿出瓶装止血、止痛、消炎的气雾型喷洒剂向熊的伤处喷洒。这种药剂清凉而止痛，熊配合着治疗，撅起了臀部，还滑稽地跷起一条后腿。

当哎哟把熊屁股上的伤口处理好，前面郝胜所带的肉肠也全部落入熊腹，只在地面留下一堆肠皮。

"行啦，你自己去玩吧！"

哎哟拍拍黑熊的头，从口袋里拿出一个大果子向坡下扔去。熊迈动前后脚掌去追，跑了几步，它感觉到臀部自如了，后腿也不再瘸了，便大声吼叫起来，叫声高亢有力，一边叫一边向山坡下撒欢跑起来。

"我们也该赶路啦！"郝胜提醒道。

"好，快走吧……"哎哟点头附和。

两个人背好背包，对了一下掌屏上显示的方位，沿着一条干涸的河道向北走去。由于是走在河道，没有树丛藤枝挡道，赶路轻松多了。忽然，他们觉得天色阴沉下来，抬头一看，乌云遮住了半边天，转眼就翻滚到了头上，接着就传来了隆隆的雷声。

"要下雨了……哎哟，你说怎么办？"郝胜的神情略显不安。

"下就下吧，"哎哟抬头向上看了看，"没什么，我们就是要在恶劣环境里进行生死比拼呀！"

哎哟刚说到这里，一道闪电划过长空，尾随着一个大霹雳炸响了，在这旷野深山震耳欲聋。很快，大雨点子砸得河道尘土四起，不等烟尘散尽，地面已变得泥泞不堪。

"快，快跑！"

哎哟看到河道一侧有几棵矮树，他指给郝胜看，抢先跑过去。两个人冲到一棵树下。这树树冠很大，树叶子大而浓密，倒是个暂时避雨的地方。

"先穿上雨衣！"哎哟提醒郝胜。

两个人各自从背包中抽出一身雨衣，穿在身上。他们的雨裤裤脚有一根金属线拖在脚后，是防雷击的。

转眼间，一场暴雨倾泻而下，雨水浇向河道、山石、树丛，哗哗声与雷鸣交织在一起，在郝胜听来真是惊心动

魄。树冠完全失去了挡雨的作用。穿着雨衣，戴着雨帽，郝胜身上、脸上、衣服全湿了，也流着雨水。不知是雨水凉，还是有点儿胆怯，郝胜朝哎哟身体靠靠，像是在自言自语地说："这雨下得……好像越来越大啦。"

"我感觉是小了，你听，雷声也远了。"哎哟告诉他。

真的，雨开始变小。从树下望出去，白蒙蒙的雨幔散开了，哗哗的急雨声变成了细雨落在树叶上的沙沙声。

"这雨可下过去啦……"郝胜松了一口气。

"瞧，天色也亮多了。"哎哟从树下走出，拉下雨帽抬头看着。

暴雨来得快，去得也快。只一会儿时间，云开日出，在山峦上空升起了彩虹。

郝胜脱下雨衣，甩甩上面的雨珠，又望望河道上流淌着的泥水："我说哎哟，这怎么走哇？"

"难走也要走。"

"可是我有点儿饿了……"郝胜一摸背包，"有根火腿肠嚼嚼多好，可惜呀，都喂了……那该死的黑熊！"

"谁让你不留一根！"哎哟笑他。

他们正说笑着，忽然感到地面有响动。哎哟细听了一下喊道："不好，有洪水，离开这里！"

郝胜顺河道往前一看，浑黄的流水果然翻滚着浪头涌来。河道是流水冲刷出来的，登到河堤上才能脱离险境。两个人拔腿向河堤上跑去，而河道里已是泥泞一片，陷住了他们的鞋，拔出脚来也跑不快。扑过来的水一下子就没到了他们的脚脖子。

当他们奋力跑到堤下，这土堤有一人高。哎哟想托着郝胜先爬上去，土堤又湿又滑，郝胜上不去。

"我先上，然后再拉你！"哎哟喊道。

"行，你快上吧……"郝胜催促说。

哎哟看到一个平缓些的堤坡，抓住裸露的树根向上爬去，郝胜在下面又托了他的脚。他一纵身登到河堤上。回头向下一看，洪水已淹到郝胜胸下，他快站立不住了。郝胜向上伸手，哎哟想拉，河堤高，够不到。他急忙转身，从树上扯下一根枝条，自己抓住一端，把另一端向郝胜伸去。郝胜刚抓住树枝，大水已经把他冲得双脚离地，横漂在水面上。哎哟站在堤上，弓着腿把郝胜往堤边拉，更大的水浪翻滚而来，兜头撞击着郝胜。郝胜挣扎着从水中露出头，他嚷叫道："不行啦，我抓不住了……"

"要抓住，不能松手！"哎哟着急地喊。

又一个凶猛的大浪扑向郝胜，郝胜被撞得翻了个身，他抓不住树枝了，身体卷进洪水里。再看到郝胜身体露出水面时，他已经向下游漂出二十米以外。哎哟此时想到的是报警。选手出发前每人下载了一个卫星定位报警信号，遇紧急情况报警，立即会有直升机赶来救援。哎哟的掌屏已举到嘴边，抬头却看到郝胜在河心直立起半个身子，而且不向下漂了。哎哟赶紧沿堤岸向下游跑去，又看到郝胜

的身体正缓慢地从河心向堤岸移动，再一细看，水里有一团黑乎乎的东西在托着推他。

"呀，是它在托着郝胜!"

哎哟站到堤岸边，已清清楚楚地看到了把郝胜救下并推着的就是他们在果树下帮助过的黑熊。看来它是循着气味，一直跟随着他们的。黑熊用两只前掌托举着郝胜向岸边靠，头摇晃着，大嘴在水面还吹着水泡哩。

郝胜很快靠近了堤岸，哎哟伸手把他从水中拉出。黑熊用前掌扒住土堤也站到哎哟的身边，它一抖头上的水珠，直溅到哎哟脸上。哎哟拍拍黑熊的头，表示赞赏。他扶住郝胜，问道："你没事吧?"

郝胜点点头，表示没什么事。他被水呛得有些难受，一屁股坐在地上喘着粗气。

洪水还在河道里奔涌着。

哎哟转到黑熊身后，查看它的伤处。那里已经消炎见好了。

郝胜缓过劲来，站起走过去，摸摸黑熊的背，感激地向哎哟说："危险时刻，它救了我，够意思。"

"还后悔喂它火腿肠吗?"

"当然不会了。有什么好吃的，我都会奉献给它……我包里本来还有食品，可惜让水泡了。"

郝胜从背包里拿出泡得黏糊糊的饼干、巧克力，撕去包装纸，放在石块上。黑熊闻到香气，瞪着两只小眼睛冲过去，张嘴舔食起来。对它来说，这些食物泡过了仍是佳肴。

"我们怎么办？"郝胜发问。

"天快黑了，找个地方生一堆篝火，烤烤你的湿衣服。"哎哟拉拉郝胜的衣服说，"你呀，成了落汤鸡。"

"你也好不到哪儿去。"郝胜一指哎哟，"快去水边照照吧，像只泥猴。"

两个人哈哈大笑。

看黑熊还在仔细地舔着石块上的食物碎屑，两位少年审视了一下方位图，钻进树丛又上路了。

哎哟驱蛇

哎哟和郝胜在深山丛林里走了一程路，看看天色黑了下来，就在一处山腰停住了脚。他俩把背包放在一棵大树下，捡来干树枝，堆放在一起点燃篝火。

郝胜坐在篝火旁，只一会儿就把贴在身上的湿衣服烤干了。他满意地伸出双手舒展着。

"感觉舒服了吧？"坐在一旁的哎哟问，用手拍打着衣裤上的泥巴。

"外面是舒服了，有个地儿可不行。"郝胜噘着嘴说。

"是哪儿？"

"胃呗，咕咕乱叫。唉，先喂熊，又泡汤，带的食物一扫光……我呀，惨啦！"

"给。"哎哟从背包拿出一桶东西递给他。

"呀，是饼干？哪儿来的？"

"你有个缺点是顾前不顾后，看你领了食物，我偷偷藏起一桶饼干……"

169

郝胜一把拿过饼干桶，打开盖，先往嘴里塞进两块，用手一搂哎哟的肩："我的好哎哟，多亏你留了这一手……伟大，伟大!"

看郝胜吃得高兴，哎哟又递给他两个杏黄色的果子，是他帮熊时从果树上摘下，一直放在口袋里的。那果子颜色像杏，比李子大。郝胜一咬，香甜多汁，一边吃一边夸张地学着黑熊吧唧嘴。

郝胜吃完，和哎哟分别从背包里拿出睡袋，相隔不远铺放在草地上。郝胜先钻到睡袋中，惬意地说："哎哟啊，谢谢你帮我留了饼干，让我能饱餐一顿入睡。说实话，我还是很羡慕你的，没有缺吃少喝的烦恼……问一下你，你来之前又充电了吗?"

"我如今外出是不用充电的，"哎哟也躺到了睡袋里，"教授为我开发出一种软电池，薄如胶布，大小像邮票，贴在肚脐上就行了，五天一换，使用方便……"

哎哟说着，听旁边没了动静，接着响起了呼呼的鼾声。

"嘿，他倒好，没说两句话，闭眼睡着啦……"

树下，篝火熄灭了。山峦的上空圆月高悬，繁星满天。四下里间或响起几声鸟鸣兽吼，打破了山野夜的寂静。哎哟躺在睡袋里，看着，听着，想和人说说话。当然他首先想到的是妈妈。本来，他在掌屏上按动号码，就能接通妈妈的话卡，从视频上看到妈妈的影像，问候交谈了。可是这次赛会规定：选手除了遇到紧急情况可以拨号求救，禁

止一切对外联系，违规者取消比赛资格。

　　哎哟心里涌动着向妈妈一诉衷肠的渴望。他想到，可以写一封短信，记下自己此时此刻的心情，比赛结束就给妈妈发过去。对，就这样。他在掌屏上码字了：

　　亲爱的妈妈：

　　　　我和郝胜参加生存比拼，现在宿营在与您相隔万里的一处山林中。我们的身体、精神都很好，请您不要为我们担心。此刻我思念着您。妈妈，那天我偎依在您身边，叫着您妈妈时的欢乐、幸福之情，至今涌动在我周身。您那望着我的亲切的眼神，让我感受到了世间无比珍贵的母爱。

　　　　相信我，妈妈，不管今后的风云如何险恶，道路怎样艰难，我都会无所畏惧，一往无前，因为有您——神圣的母爱的光辉在把我照拂。我虽然是机器，但我的部件绝不会腐蚀，因为有您——伟大的母爱的暖流在把我滋润。我是靠电能推动的，如今我有了更强大的能源，让我更自信，更智慧，有更充沛的力量为正义的事业斗争。这能源就是您——时刻激励着我心怀的母爱啊！

　　　　遥祝妈妈健康、长寿。

　　　　　　　　您的孩子哎哟

哎哟怀着激动之情把短信写好，又读了一遍。他摇摇头，对自己的作品并不满意，妈妈是作家，给妈妈写东西应该有文采。可他这部分内存比较薄弱。以后加强文学方面的学习和修养吧，还应该向小云姐学学写诗，他想。

用不着再浪费电能了，哎哟用意念关闭了体内的电路开关，进入了他的"睡眠"。

八个小时后，到了设定好的时间，哎哟体内启动电路，他"苏醒"了。睁眼看看，红日已经升起，空气中弥漫着草叶的清香。

"郝胜，我们应该出发啦！"哎哟爬出睡袋，看郝胜还躺在睡袋里，赶忙向他大声吆喝着，"起来，别磨蹭啦！"

哎哟喊完，看郝胜仍是一声不吭，一动不动，以为他赖着不起，便想去拉他。当他凑近郝胜，低头一看，只见郝胜睁大两眼，直愣愣地望着他，嘴巴往一边撇。他是怎么了呢？

哎哟再一细看，立刻惊住了：和郝胜并肩躺在敞开了袋口的睡袋里的还有一条蛇。三角形的蛇头有鸡蛋大，它的口部正抵在郝胜下巴上，背脊上有黑色的链状条纹。这是一条毒性很强的蝰蛇啊！哎哟在艾教授书房翻看动物图谱书时看过蝰蛇的彩色照片。看来蝰蛇是寻找温暖之地钻到郝胜睡袋里的。蛇把头靠在郝胜柔软暖和的脖子下面可能也感觉舒服。可这对郝胜来说实在是太危险了。蛇的毒

牙只要稍稍伸出，向前一用力，郝胜就没救啦！昨天被洪水淹，今天又遭毒蛇缠，这郝胜祸不单行，真是倒霉呀！

　　哎哟看郝胜额头沁出汗珠，一副紧张、无奈的表情，既不敢出声，又不敢乱动。也不知道他和蝰蛇已经相持了多长时间。郝胜肯定希望赶快得到解救。哎哟有什么办法呢？

　　哎哟先想到了一个药熏法。他从背包里拿出一包黑色药末，举着让郝胜看，让他了解自己准备采取的行动。把这种药末丢到篝火里燃烧，能起到很好的驱蚊虫效果。哎哟正想把药末点燃，又忽然想到药味飘过去，可能先呛得郝胜咳嗽，他的头一动，刺激到蝰蛇，就会招惹它发动攻击，酿成惨剧。用药熏不成，不成。

　　哎哟从背包里又取出一把速射手枪。这是比赛前发给每一名选手，作为深入密林后防身用的。他举着枪让郝胜瞧。近距离向蛇射击，应该不会失手。当哎哟凑近郝胜，看到蝰蛇的嘴和郝胜的下巴贴在一起，他感觉用枪还是不行。蛇受到枪击，会不会下意识地张开嘴一咬呢？通常蛇在发动袭击时，从露出毒牙到咬住猎物，只需 0.4 秒的时间。枪击蝰蛇还是很冒险的。

　　蛇安安静静地蜷伏在郝胜身旁不动。哎哟把枪放在地上了。他又走过去拿起背包，想看看还有什么东西能让他稳妥地救助郝胜。走动中阳光下的影子让他眼前一亮：蛇是冷血动物，冷了要避寒，热了也会爬向凉爽之地。要是太阳一晒，蛇一定会爬开。哎哟看看郝胜躺的地方，上面有树冠挡着，偏偏晒不到，不过……

哎哟眼睛一眨，马上有了主意。他走开，站在阳光下，让左手掌呈现浅蓝底色黑屏，成为一面反射阳光的小镜子。他把阳光照射到蛇身上，一边照一边让阳光在蛇背、蛇头处缓缓移动，以避免蛇身受热过猛。

阳光够强。哎哟照射了不大一会儿，蛇的身体就移动了。他把阳光移向蛇头，蛇头扬起来了。接着，蛇头一扭，蛇身从睡袋里滑了出来，这蛇足有一米长。它绕过篝火的灰烬，向坡下树丛蜿蜒爬去。

这时的郝胜用双脚撑住睡袋口，使劲一蹬，一骨碌爬起身，从草地上拾起手枪向蛇奔去。

"郝胜，你干吗？"哎哟伸胳膊拉他。

"我要把这蛇打成三段！"郝胜气呼呼地说。

哎哟劝解他说："它并没有伤害你呀……"

"可它折磨我，两个多钟头让我一动不敢动。你一个姿势不变行，我可难受死啦……"

"难受也是你自找的，谁让你不拉好睡袋口，让它钻进去的？算了吧，这小东西已经溜掉啦……"

"得，看你的面子我不饶也得饶了它，不追了，"郝胜放下枪，"它用头顶着我，贴在我身上滑溜溜、凉飕飕的，

我痒不能挠，怕也不敢动。和它僵持，别提有多累了，这段经历好恐怖！让我先休息一下吧!"

他四肢伸开，往草地上一躺，半天不想站起身。

哎哟救援

　　哎哟、郝胜背着双肩包向指定的北峰进发。行走中看到树上长着野果子，哎哟上树摘下一些让郝胜充饥。走到下午，他俩站在一条山壑前，下面深不见底。哎哟用掌屏调出路线图和郝胜一起看。他们看到若想绕过这里到达对面，要走很远的路。这将使他们很难在规定的时间里抵达目的地。而要跨越眼前的深壑，翻过大山，虽然抄了近路，却不是那么好走的。

　　"你说怎样走?"哎哟征求郝胜的意见。

　　"照直走，不绕。"郝胜毫不含糊地说。

　　"好，听你的。"哎哟回手托托背包，"教授为我们参加攀岩赛设计制造了意念吸附绳，正好能让我们试用一下了。"

　　两人各自从背包中找出一件腰带状的绳具，把它系在腰间。绳具前面装有三个绳头，每个绳头可以伸缩牵引滑动，前端呈现仿壁虎脚掌的吸附沟槽。

兽 篇

"我来打头阵！"哎哟整理了一下背包，与郝胜击了一下掌，走到断壑前。他从绳具中拉住一个绳头，拉出一段，左手握住，看好对面山上的一块石头，右手抡绳头掷出去。"嗖"的一下，绳头牵拉着绳索照直飞出，吸附在对面山壑上。哎哟双手先用力拽了一下绳子，检查一下吸附牢度，然后蹬地收拢双腿，向对面山头悠荡过去。随着绳索摆动，哎哟轻巧地落脚在山壑对面。他转回身挥右手做了个"V"字胜利手势，又喊道："OK，郝胜，看你的啦！"

"好，我来啦！"

郝胜也把绳头掷到对面山上，舒展了一下双臂，抓住绳索荡向山壑对面。他在落地时站得不够稳，哎哟在一旁扶了他一把，跨越也成功了。

"我们接着上山吧。"哎哟建议。

"行，攀上去，算是为明天攀岩热身吧！"

这山有一定坡度，又有绳索牵引，向上爬并不困难。他们爬到吸附着绳头的下方，从腰间绳具上抽出另一个绳头掷向上方，收拢起用过的绳头，又向上爬。交替使用着吸附绳，很轻松地攀到山顶。当他们下山找到并抵达北峰的行程终点，太阳还没有落山。

团长欧阳华和艾教授在营地终点处等候着他们。听两名少年讲述了两天的行程，欧阳华对他们的应变能力给予肯定，又向他们讲解了第二天参加攀岩比赛的要点，嘱咐郝胜在就餐后抓紧休息。

　　一夜过去，旭日东升，天气晴好。参加攀岩比赛的选手聚集在北峰山脚处。在生存比拼竞技中，有一对选手未能按时到达目的地，被取消了攀岩赛的资格。在另外的三对选手中，两名少年选手因摔伤较重被送往医院救治，一名机器人选手在雷雨中发生线路板短路，损毁严重，只能放弃第二阶段的比赛。参加最后攀岩赛的仅有八对选手。

　　即将攀登的北峰，高三百多米。攀登的岩面近乎直上直下，十分险峻。由于山势是自然形成的，陡峭程度不尽相同，由八对选手的领队抽签确定了起登点。比赛规定：选手可使用自带的各式简易绳索。比赛中少年选手和机器人选手要协同合作，以两名选手登顶的平均时间计算成绩。郝胜、哎哟抽到了二号位，左边是一对欧洲选手。听说他们的实力很强。

　　发令枪响起，攀岩赛开始。

　　站成一排，各相隔十几米的八对选手同时向上面的山岩攀登。中国选手左侧的欧洲选手是用射钉枪向上抛绳的。一名选手对准高处岩石射出一枪，子弹会牵引着绳头打进岩石内。机器人选手在前，少年在后，挽住绳索向上攀去。右侧的日本选手也是使用意念吸附绳，但他们的绳具不是系在腰间，而是像背双肩包，套在肩臂上的。其他参赛选手用的绳索也各不相同，有双股软梯式的，也有绳上系有脚扣的，不仅便于用脚蹬，当下面的队员无力向上登时，上面的选手可以用绞轮帮他一程。

　　开始阶段，左侧的欧洲选手一马当先，登得最快。哎哟在上，郝胜在下，紧跟着他们。两人沉住气，用手抓住绳子，脚踩着岩石，攀爬而上。使用射钉枪，一下子可以把绳子打得很高，选手能连续攀爬很长的距离。哎哟两人用的绳索爬上一段就要重新掷出绳头，收起上一个绳头。好在他们第一天过堑上山已用过这绳具，此时掷绳、收绳动作相当熟练。

　　哎哟和郝胜上到二百米高度，小风飕飕吹过耳边，向下看，已看不清山岩下的地面。他们发觉右侧的日本选手在身下加快了攀登的速度。哎哟提了一下他和郝胜之间系着的一根绳子，这是约定好的"发力"信号。他们立刻开始了向峰顶的冲锋。

　　登在上面的欧洲选手发现中国选手越攀越快，显得有些慌乱。跟在下方的少年选手一步没踩稳，从一块突起的岩石上失足跌落。他一侧的肩重重撞在尖利的石棱上，一只手垂了下来，似乎臂膀处脱臼了。这时哎哟已经爬到了和他等高的位置。哎哟一转脸，看到那选手只有一只手在抓绳，两脚落空，身体吊悬在岩壁的凹处。

　　"我不行啦……抓不住了！"那选手在用英语喊叫。

　　出了这样的事，这选手随时会摔落下去，酿成惨剧。

　　哎哟一霎时停住了手脚。一个语音提示在他耳边震响。那是机器人定律中的一条：发现有人遭到危险时，不得无动于衷。

哎哟知道怎样做了。

"你要抓住绳子，坚持住，我来救你!"

哎哟用英语大声向那少年喊，从绳具中又抽出一个绳头，掷在一块石头上。他要用两条绳子，增加拉力施救。他迅速移动身体向那名选手靠近。

"哎哟，你怎么啦?"郝胜发现哎哟在横向运动，发出了惊问。

"那选手要坠崖了，我去救他……郝胜，你站稳别动!"

哎哟荡着绳子，攀到那少年的上方，一把抓住了少年的衣服。郝胜明白了哎哟的用意，也攀爬过来，帮助哎哟把那少年抱住。

少年得救了。比赛也结束了。从山顶放下一个救护舱，救护人员在哎哟、郝胜的帮助下，把伤者放入舱里，又吊上山顶，再由直升机送往救治站。

最先攀上顶峰的是日本选手。颁发奖杯时，日本选手提出奖杯应该由中国选手领取。中国选手放弃了第一，而救人于危难中。赛会组织者连忙协商，经商定，日本选手获冠军奖杯不变，向中国选手增发特别荣誉奖杯。

兽　篇

哎哟擒恶猴

中国代表团一行四人载誉归国，回到自己的城市。

市局方局长把四个人约到艾教授家里，前去看望了他们。局长对哎哟、郝胜在国外比赛中的表现加以表扬，接着谈道，现在市里民众遇到危难问题，常要打119向消防局求助。消防局人员不足，又要随时准备出动扑灭突发的火灾，工作压力较大。他希望欧阳华考虑一下，组织少年特警团承担一些警援任务，为社区群众排忧解难。

欧阳华向局长表示，少年特警团有能力承担这方面的工作，他问郝胜："郝胜，你和其他团员开学要上课，你们可不可以在下午轮流组织起来呢？"

"行。二十个人组成一个小分队，五个小分队从周一到周五下午各参加一次活动，影响不了学习。周末两天全团可以一起上。"

"我不用上学，我可以多参加救援。"哎哟自告奋勇。

"好，"方局长对欧阳华说，"你们组织好以后，我就联系消防局了。他们接到救助请求，有适合少年特警团去解决的，就直接转给你们啦!"

"转吧!"郝胜显得信心十足。

少年特警团接到的第一个任务是清除马蜂窝。

在一个社区楼群中，三楼避风处的墙角处挂着一个比脸盆还要大的马蜂窝。数百只马蜂在窝上进进出出，飞上飞下，已多次蜇伤附近从楼门出入的居民。一位住在楼上的女服装模特，让马蜂钻进窗子，蜇了脸颊，红肿过敏，还一度休克了。社区物业和居民想了很多办法除窝，都不奏效。有人打开三楼一个窗口，用长竹竿绑上纱布，浇汽油点燃后去烧马蜂窝。竹竿刚一伸过去，火苗热度刺激了马蜂，马蜂立刻疯狂地乱飞乱钻，吓得烧马蜂窝的人丢了竹竿，狼狈关窗。大批马蜂在窗外耀武扬威，飞舞了好一阵子才收兵回巢。

困扰社区民众多日、看似难缠的马蜂，在少年特警团面前，轻而易举就被端掉了。这是因为少年特警团有一个哎哟。

消防队也做过摘除马蜂窝的事。通常是由消防队员戴上面罩，系上绳索，登到高处完成。哎哟做这事就简便了。他拿上一个大的塑胶袋子，脚踏墙壁弓身而上。到达马蜂窝旁，马蜂扑向他，往他脸上、手上猛蜇。硅胶制作的皮肤，连利刃也刺不进，更别说小小的蜂针了。哎哟从容地用胶袋口套住蜂窝，用随身携带的铲刀把蜂窝整个铲下，再麻利地系紧袋口。大部分马蜂都被系在袋子里，少量飞

出窝的马蜂，围着哎哟嗡嗡叫着，找不到了落脚点，只好飞走了。

哎哟拿着装有马蜂窝的袋子回到地面。目睹了他排除蜂窝过程的人，围过来向他问长问短。

"你这孩子穿的是什么鞋呀，不用拴绳子就能上墙？"

"你怎么不怕马蜂蜇呢？"

"没什么神奇的。"哎哟笑笑，不想多说自己，"我们少年特警团能排除比这大得多的麻烦事呢！"

很快，哎哟等人又接到一个救助任务，走进另一个社区。一位老太太养的猫丢失了，猫被人发现爬到了一棵树上。它上树很勇，由于树高却不敢下树了，不停地在树枝上喵喵叫。有人用猫粮哄它，却不能帮它回到地面。这猫老在树上没吃没喝也不行呀，于是有人报警求助。哎哟、郝胜和一队少年来到树下，看到躲藏在树丛中的一只毛色是黑白花的猫。郝胜对哎哟说："当然还是由你上树，我们徒手爬树太费劲了。"

"好，我去把猫咪抱下来。"

哎哟倾斜着身体，从树干走到树上，慢慢接近花猫。花猫躲避到一个树梢上，再没处可去，被哎哟一把抓在手里，带回到地面。他们按照丢猫人的地址，抱着猫送上门去。养猫的老人高高兴兴地抱起猫，不料，她翻过猫身一看却说："你们弄错了，它不是我那只猫。我那花猫肚子上的毛是白色的，这只猫肚子上有几撮黑毛……"

"好吧，反正我们是把猫从树上弄下来了。"

郝胜抱起猫，和哎哟等几名团员起身准备离去。老太太突然大哭起来，抽噎着说："我怎会这样命苦哇……儿女不在身边，只好和花猫相依为命。找不到猫，活着还有什么意思呀……"

郝胜一听，连忙转身安慰："老奶奶，别这样说嘛……"

"别着急，我们再帮您找。"哎哟也劝。

他们询问老人是怎样丢了猫的，猫可能会在哪里，然后分散开寻找。郝胜和两名团员仔细在树丛和人少的角落搜索。郝胜听一位开车的司机说地下车库生活着几只流浪猫，连忙去车库看，却没有看到有黑白花的猫。哎哟和同伴走到一个楼前，坐在一旁的几位老人看他们东找西看，一问知道了他们在找猫。有位住在一层的住户说，听到地下室连着的通道里有猫叫，可能有猫掉到里面去了。哎哟请人带他过去，看到地下室和下面一个维修电缆线路的通道相连。从上面看，通道里黑乎乎的，很是狭窄。

"我下去看看。"哎哟向一起来的团员说。

"里面很黑的。"一名团员皱眉。

"没关系，我有照明工具。"

哎哟的右手指在左手掌上一触，掌心立刻呈现为有一定亮度的照明灯具，照亮了脚下的通道。他背倚板壁走了下去。通道仅能容一人弯腰行走。走到一个弧形转弯处，哎哟看到一只黑白色花猫伏在地面。他走近了，那猫被亮

光照着一动不敢动。哎哟抱起它，看到它肚子上毛色是纯白的，看来这是老太太丢失的花猫了。他抱起猫转身走回到通道口，把猫递给上面守候的同伴。

老太太看到花猫，一眼就认出是她丢失的宠物。她把猫紧紧抱住，不知该向为她找回猫的少年们说什么好。老人用手抹着流下的热泪，喃喃说道："孩子们，我要送你们锦旗……上面就写……就写……"

"老奶奶，别写了，我们还有事，要回去了。"郝胜提醒她，"可不要再让您的猫咪丢失哦。"

少年特警团为这个社区找回走失的猫，几天后少年们又来到了这个社区——社区出现了一只恶猴。

这是一只正值壮年的猕猴。从马戏团溜出来的？从动物园跑出来的？无人知晓。居民们开始看到它，还有些喜欢它，拿香蕉、苹果、蛋糕等食品给它吃。这猴子嘴馋、贪吃，不满足吃人给的，变为抢食。看到人在吃东西，冷不防蹿上去夺了就走。居民于是讨厌它了。猴子看人们不再给它食物，便大肆盗窃，在一幢幢住宅楼穿梭，攀爬楼窗，看到窗子没关，就钻进去偷吃偷喝。一次它进入一户人家，家中无人，它喝了一大瓶红酒，然后大撒酒疯。摔坏了古玩玉器，打碎了门窗玻璃，往卧室床上撒尿，还扭开了厨房水龙头，弄得满地是水。猴子胡闹后逃走，主人回到家，看到满眼狼藉，查看监控知道是猴子干的，气得要死。物业人员和保安想擒拿猴子，一次次无功而返。这猴子在楼顶、阳台护网上攀爬蹿跳，灵活轻捷，当保安看到它后围过去，它已经无影无踪了。以后这猴子越发嚣张，闯进幼儿园，抓伤了几个小孩子；还冲进一户人家，把一个老人撞得跌倒，造成骨折。猴子成了社区里的一个祸害。

社区物业把少年特警团和动物保护协会的人一起请了去，共同捉猴。哎哟、郝胜也见识了这猴子的厉害。当发现猴子藏在一幢斜坡顶的复式楼顶后，动物保护协会有人端着麻醉枪瞄准猴子开了一枪，结果没打中，打在猴子身旁一片瓦上。这可把猴子惹恼了，它拆下瓦片，向楼下砸去，虽没砸到人，却砸坏了停放在楼旁的几辆汽车，捉猴又一次失败了。

当晚，猴子溜进了幼儿园的厨房，值班人不在，它在里面大闹了半宿。这恶猴打开了冰箱、冰柜，能吃的都尝一遍，生的、冻的丢弃在地。它抓破米袋、面袋，把小袋汤圆粉乱扔，拿起生鸡蛋投掷。猴子折腾得兴起，吊住顶灯悠荡，灯绳断了，摔了猴子屁股。它心生报复，摔砸调料、饮料瓶，把番茄酱、醋汁、油液洒得到处都是，碎瓶子、破盘碗掉落一地。第二天到厨房上班的人看到被毁得一塌糊涂的现场，全都惊呆了。

少年特警团面对猴子的恶行，决心把猴子抓住。郝胜、哎哟在社区见到了在楼顶蹿跳的猴子，发现这猴子是"人来疯"，越是有人关注它，它越爱起劲表演，蹿、跳、摔、砸，向人们挑衅。看来想从它藏身的楼上抓住它是很难的。

郝胜和哎哟商量好了一个诱捕的办法。

他们先将进出幼儿园厨房的楼道严密封闭好。由哎哟穿上炊事员的外套，蹬一辆小三轮车，车上摆放着色泽鲜艳的香蕉、葡萄、苹果、橙子、哈密瓜等，从社区大门口进入，慢慢向里面走，以引起猴子注意。小车到达幼儿园厨房的楼门时，哎哟慢腾腾地一箱一箱往楼里搬水果，搬到里面后退出来，把门虚掩上，再蹬车离去。

恶猴果然中计。它居高临下，早就看到了那一车让它馋涎欲滴的水果。猴子眼望着小车，在楼顶移动，然后下楼，悄悄来到它熟悉的楼门外。哎哟蹬车刚一离去，它就推开楼门，溜了进去。

在附近监视的郝胜等团员迅速围到楼门前，封住了恶猴的退路。哎哟听到通知蹬车返回，他和郝胜等几名团员进入楼门负责捕猴。楼门一开，猴子看到一队人拿着大网等工具向它逼近，知道上了当，而楼道内各门紧锁，无处可逃，这让恶猴恼羞成怒。它颈毛竖起，龇牙扬爪，发出吱吱的吼叫声，摆出拼命的架势向前扑来。

走在前面的哎哟早有准备，他敏捷地抓住猴子抓挠他的两只前爪，并不畏惧猴嘴的撕咬。郝胜看准时机，把一个软中有硬的织网套在猴子头上，猴子一怔，又被套进大半个身子。当哎哟松了猴子的双爪，猴子已完全被织网裹住，蜷缩成一团。嚣张一时的恶猴在网子里缩着头，垂下眼皮，显露出一副可怜相。

哎哟遇到挑唆

在最近一段时间的训练和执行任务中，欧阳华发现少年特警团的一部分团员跨跳障碍、翻越高墙时，动作迟缓，不合要领。他知道这主要是这些团员在暑假期间锻炼不够，贪吃贪睡，身体发胖造成的。作为特警战士，哪怕是少年特警，都要保持强健、良好的身体状态，以经受常人难以克服的艰险，完成特殊任务，全身而退。为此，他在考核后把训练素质差的十几名团员分成两组，一组让郝胜带着跑圈儿，一组让哎哟指导进行肢体训练，从而让他们提高运动量，增加耐受力。

训练在少年宫综合体育场进行。郝胜这一组练得很苦。郝胜自己并不差，在训练中他做动作总是勇猛超群的。这会儿组织团员长跑，他一点儿不偷懒，领着几个人跑在前边，他不停别人就坚持跟在后面跑。四百米一圈的跑道足足跑了二十圈才停住。一行人汗流浃背，全都累倒在了场地上。

　　哎哟这一组做单杠引体向上、俯卧撑，还使用拉力器训练。哎哟的要求非常严格，做出的动作要完全规范，差一点儿也要重做。这里的几名团员比跑圈儿的那几个付出的汗水更多。

　　"休息一下。"哎哟好不容易说出这几个字。

　　受训的团员或坐或躺就地散开。在跑圈那组也在休息的吕大宝走了过来，靠近哎哟说："哎哟，你一次次立功，真让我敬佩！"

　　"都是我们一起做的。"

　　"主要是靠你。"吕大宝强调。

　　"别这样说。"哎哟摇头。

　　"怎么不能，你本领高强，我要是郝胜早就让你当副团长啦！"

　　"郝胜当得挺好的。"

　　"好什么呀！大家都说他比你差远了。"吕大宝又往前凑了凑，"郝胜也明白他不如你，听说他准备向团长提让你当副团长……"

　　"那可不行，让我当我也不当……"

　　"你完全能当，就别谦虚啦，等着团长宣布吧！"

　　吕大宝说完转身走开，回到跑圈那组。他看郝胜又要组织几个人跑，走过去说："郝胜，你听说了吗？哎哟要当副团长了，你要被撤了……"

　　"有这事？"

"当然有，哎哟一次次显能，团长多次表扬他，说他能干……"

"他能干就让他干吧，"郝胜说到这里气恼地嚷道，"我还不当这个副团长了，我这就走，我踢足球去啦……"

郝胜说着离开了这片场地，跑进了不远处的足球场。几名团员看他闹情绪走了，觉得训练又枯燥又累，也跟着去踢足球了。

这边苦练单杠引体向上的团员，看到郝胜几个人踢上球了，告诉了哎哟。哎哟一看，跑道上果然不见少年团员的身影了，他急忙来到足球场，喊住抢球的郝胜问："郝胜，你怎么踢上球啦？"

"踢球怎么啦？"

"你要带团员搞好训练呀！"哎哟着急地说。

"有你带着就行啦。"郝胜话中有话。

"我不行，你别踢了，快和他们回跑道吧！"

"……"

哎哟看郝胜不答，又去追球，也有些上火，他大声喊："郝胜，你要还踢球，我告诉团长啦！"

"爱告谁告谁吧！"郝胜头也不回地甩下这句话。

这郝胜是怎么啦？说话带着情绪。谁惹着他啦？是自己吗？

哎哟隐约感到郝胜的表现和自己有关。他走回练臂力的团员身边，没心情和他们再往下练，说解散了。

　　哎哟垂头丧气地回到家里。艾教授发现他闷闷不乐，忙问："你今天在外面遇到了什么不愉快的事情吧？"

　　哎哟满怀心事地望望教授，欲言又止。

　　"说说，我帮你分析分析。"教授耐心地劝慰他。

　　哎哟把郝胜不带领团员训练去踢球的事讲了出来。

　　艾教授听了，感觉这不是小事。他和郝胜母亲结了婚，和郝胜也成了一家人，郝胜、哎哟都是他的孩子。他一旦发现孩子有了骄横、鲁莽、任性等不良表现，就要帮助他们纠正，以利于孩子成长。

　　"这事要告诉欧阳华团长。"

　　艾教授马上拿起话卡联系。时间不长，欧阳华乘车来到艾教授家。欧阳华先让哎哟讲了一下训练时发生的事，接着用车载上哎哟，去了郝胜家。

　　欧阳华、哎哟、郝胜三个人坐在小客厅里。郝胜讲起他去踢球的过程。欧阳华听完，对他私自离开训练场提出了批评，他说："特警队是祖国人民的忠诚卫士，少年特警团是这支部队的后备力量。能成为少年特警团中的一员，是光荣的，责任义务是重大的，时刻要以特警战士的神圣职责严格要求自己。郝胜作为一名副团长，放弃训练，擅离职守，尽管有其他原因，也是错误的，应该在全团面前进行检查。"

　　郝胜向团长承认了自己的错误。哎哟表示自己也有不耐心的地方，影响了训练。接着他们开始分析事情的起因，说到吕大宝，欧阳华说："在我的印象里，吕大宝平素是个不言不语、性情温和的少年。他好不当儿向哎哟说了那套话，又告诉郝胜说要被撤副团长，他为什么要煽惑挑唆你们，谁指使他干的？"

"现在想，吕大宝的行为很反常。"哎哟表达见解。

"我看吕大宝是挑拨离间，故意破坏，可是他也是少年特警，为什么要搞这种破坏捣乱呢？"郝胜挠挠头发想不通。

"不管吕大宝有什么目的，都要对他进行调查。对调查他的事不要声张。"

三天后，欧阳华把郝胜、哎哟叫到一起，告诉他们对吕大宝的调查已有了结果：这个吕大宝是个冒名的，派他钻到少年特警团里来，是犯罪分子的一个阴谋。

原来，吕大宝的妈妈在十三年前生下了一对双胞胎，大宝和二宝。孩子的父亲突发急病去世，孩子的母亲忍痛将双胞胎中的二宝过继给一位远房亲戚当儿子，与亲戚后来失去了联系。几年后，妈妈做家政中介生意，家庭经济好转。她把大宝抚养到十岁后，思念二宝心切，上网寻找二宝的下落。在介绍家人现状时，说到大宝身体强健，品学兼优，被选为少年特警团员，他也盼望与同胞兄弟团聚。大宝发在网上的照片身着特警服，英姿勃发。这样一来，有关大宝的信息材料被犯罪集团注意到了，于是实施了打入少年特警团的计划。他们下载了大宝在网上的照片，找

了一个年岁、体貌与大宝相近的孩子，化装后再加以训练，把这孩子送到大宝家中，编造经历说这就是早年送给亲戚的二宝。大宝和母亲当然欢喜非常。这个"二宝"感到他已经能代替大宝并被别人认可，于是就在饮料中掺入了一种粉末，大宝喝下后整日昏睡，难以起床。最近参加少年特警团活动的已不再是大宝，大宝至今仍躺在床上睁不开眼呢。

"大宝太可怜了。"哎哟叹口气说。

"可恨、可恶，快把那个假大宝抓起来吧！"郝胜气愤难耐。

"不行。"欧阳华向郝胜一摆手，"我把调查结果上报局里后，方局长召开会议研究，认为犯罪走私集团派人打入我们少年特警团内部，搜集情报，制造混乱，目的还是想走私过境。方局长指示我们要将计就计，引诱走私集团上当。咱们少年特警团要上演一出好戏喽！"

"让我们演戏？"郝胜不解。

"对。"欧阳华指指他俩，"你们还是主角呢！"

欧阳华说出他的部署，郝胜、哎哟听了很兴奋，觉得他们的"戏"并不难演。欧阳华告诉他俩，这是严峻的斗争，不可大意，又和他们讨论起"演戏"的细节。

这天下午，郝胜、哎哟和参加训练的十几名团员又聚集在操场上，郝胜宣布："今天先共同进行越野跑，跑完做肢体锻炼。"

"应该先锻炼肢体，然后再跑。"哎哟提出意见。

"我是副团长，听我的！就这么练！"

"你什么态度！耍什么派头？"哎哟冲他撇嘴。

"我就这派头，就这德行，不想练你走开！"郝胜口气强硬。

"你让我走，我偏不走！"哎哟往郝胜跟前凑。

郝胜用手使劲推搡哎哟。站在团员中的"大宝"看到这里，大声喊道："副团长动手打人啦，这不行！"

"大宝"上前抓住郝胜的手，哎哟抓住他另一只手。郝胜把手挣脱出来，和哎哟扭打。团员们赶紧上前拉。"大宝"踢这个一脚，打那个一拳，十几个人都揪扯在一起。郝胜打在哎哟脸上两拳，像打沙包似的。哎哟的拳朝郝胜挥了一下，血就顺着郝胜嘴角流下来。

"住手！"

欧阳华一声断喝，站在团员们面前。谁也不敢再打了。面色铁青的欧阳华大声教训他们："你们堂堂的少年特警团团员参加训练，却像一帮野孩子打群架，这件事性质非常严重，影响极坏。我决定明天周末全团集中开会学习一天，在进山路口查车的团员也停查参加学习，总结教训……"

哎哟听着团长训话，偷眼望望掩饰着高兴的"大宝"，又看看嘴角流着血的郝胜。他想：这一拳打得有些重吧？

第二天上午，少年特警团全体来到市公安局下属的一处会馆开会，由郝胜、哎哟检讨打架的事。这已是"戏"

的结尾部分了。此时，欧阳华率领精干警员在少年特警乘车把守的山口处隐蔽埋伏。临近中午，在一长列运建筑板材的货车中，用仪器扫描到一辆走私物品车，查获上等象牙制品数十根，估价四百多万元。

欧阳华赶回会馆，向少年特警团团员们说明了来此开会的真相。这里的"戏"也落幕了。郝胜听到缴获大批象牙，忙对哎哟说："挨了你一拳，值！"

一直被监视的"大宝"，被押送到审讯室。他供认被人威胁、收买、指使，冒充大宝混入少年特警团。进山路口停止查车一天的"情报"，也是他传送出去的。他还交代了训练他、为他化装的两个人的材料。警员拿给他一些人的照片，他一下就辨认出马龙和他的帮手"老妖"。至此，走私犯罪集团使用"卧底"，大肆走私贵重物品的案件真相大白。

昏睡在家的大宝被送往医院救治。

哎哟的执着

　　截获象牙走私后的第三天，市公安局接到金牛乳制品公司报案：有人用话卡告诉公司总经理，已在公司出库的奶粉中注毒，立即往指定的银行户头汇款九百万元，他们收到汇款便告知毒奶粉去向。一旦奶粉售出被人食用，将产生严重社会影响，令公司倒闭。

　　方局长听到报案，非常重视，指示欧阳华赶快到乳制品公司了解情况。欧阳华带上助手和哎哟乘车急速赶了过去。

　　在公司接待室里，欧阳华向公司有关人员询问近期出现的可疑事件。主管库房的主任说："一天前来了两名卫生监督所的人，看到工人正搬箱出库装车，要求我们开箱让他们检查。他们拿出几个箱子的奶粉罐，看了外观后匆匆走了。"

　　"两个人什么相貌？多大年纪？"欧阳华问。

　　"装车的场院安装了探头，有录像。"

"那非常好，快让我们看。"欧阳华关闭了携带的录音笔。

探头录像在一台荧屏上显映出来。走进公司的是两名穿着监督员制服的人。一看到这两个人，坐在软椅上的哎哟马上启动掌屏的搜索功能进行比对。很快有"确认"，其中的中年男子虽换了粗眉，垫高了鼻梁，但他是马龙。另一年岁大些的男子，戴了宽边眼镜，从资料推断应该是"老妖"。

"看，团长！"哎哟向坐在一旁的欧阳华扬起手掌，展示这一重要发现。

"我们往下看。"欧阳华满意地点头说。

在播放出的画面上，这两个人先后从开启的三个箱子里取出奶粉罐。"马龙"拿着罐筒向人说着什么，指手画脚，引人注意。那个"老妖"，一手握罐体，一手以手掌按压罐筒底部。经几次回放、慢放，可以看出是他对奶粉罐做了手脚。他的掌部装了注毒装置，当掌部用力，装置的尖端会刺入罐体注毒。他隐蔽地先后压按手掌三次，可以判断他在三个罐体内注了毒。欧阳华觉得已初步弄清了案件的投毒情节，是马龙一伙作案也确定无疑。从敲诈索要九百万元巨款的数目上，欧阳华想到这是他们走私象牙损失折价的一倍，是一次疯狂的报复行为啊！

案件的性质、嫌疑人查到了，遗憾的是，有毒的奶粉装箱外运，货车车门是开着的，只知道车型，不知道车号，怎样查找被注了毒的奶粉呢？

欧阳华赶回市局，向方局长汇报了掌握的案情。方局长立即下达了将马龙二人作案时间段所有货车运出的奶粉箱封存不得搬动的指令。在那段时间前后共有十几辆货车向两个方向运出了奶粉。市局召开紧急会议决定，坚决堵住毒奶粉流入市场，组织精干警力对每一箱封存的奶粉进行检查。

上午，少年特警团的团员应召在市局门口列队，待命出发。方局长亲自为他们送行。他面色严峻地讲话："从运往多处几百箱几千罐奶粉中找出三罐有毒的，时间紧迫，难如大海捞针，可是再难我们也要捞。因为这关系着人民群众的生命安危。请小团员们以高度负责的精神投入查找工作，细心再细心，认真再认真。千万不要因为我们的疏忽大意，让毒奶粉从我们手底下溜过去。假如由于我们检查的马虎粗心，让毒奶粉漏掉被人误食，我们就成为罪人了……"

哎哟和郝胜望着方局长，觉得肩上的担子沉甸甸的。

特警战士和少年团员们分别乘车前往城南方向，在一个岔路口分开。少年们乘坐的车开到一个食品批发商城的库房前。有一货车金牛奶粉运到这里，堆放在库房里。团员们下车，进入库房，在欧阳华的指挥下，逐个把奶粉开箱，用下发的放大镜察看奶粉罐底，检查有无凹痕、孔洞。一个多小时后，所有奶粉检查完毕，未发现有异常奶粉罐。

　　他们不做停留，迅速上车，又奔赴一家大型超市。这家超市仓库卸了两货车金牛牌的奶粉。少年特警人人全神贯注地又开箱查上了。查了几箱奶粉后，有个团员手举一个奶粉罐喊叫道："这罐有问题！"

　　欧阳华跑过去接过奶粉罐观看，用肉眼也能看到罐底有一个细微的孔点，用放大镜看就更清晰了。他用塑胶袋把这个罐筒装起，系紧，交给哎哟。

　　"坐我的警车，把它送给艾教授，查明是哪一种毒物，快去吧！"

　　"好。"

　　哎哟抱着袋子奔向警车，车上司机为他开门，载上他飞驰而去了。

　　在艾教授家里，一位化学药物教授已如约等候。哎哟赶回拿出奶粉罐，两位教授从罐内取出粉末放到仪器上检测，很快鉴定出奶粉中被注入了剧毒氰化物。两位教授商量了一下，将氰化物的构成分子式、晶体形态、毒性强度等一一输入哎哟的掌屏，在他的掌屏上增加了氰化物检测报警功能。哎哟在奶粉罐旁按动屏显，掌屏立刻响起清脆的警铃声。艾教授含笑对哎哟说："好，孩子，你快回到你们团长那里去。"

　　"我可以用它检测了吗？"哎哟一扬手掌。

　　"对呀，有了它就不用一箱一箱、一罐一罐慢吞吞地查找啦！"

警车载着哎哟开回到那家超市。哎哟兴冲冲地跑到欧阳华面前，报告了检测出氰化物的结果，接着一亮手掌说："团长，教授为我加装了氰化物检测功能。我在奶箱旁扫描，里面有注毒的就能报警。大家不用再开箱取罐用放大镜看了。"

"有这样省力的事？"欧阳华大为高兴。

听到哎哟说话的人都停了手，大家一直在紧张地搬箱查罐，连直腰喘气也顾不得。用装备来检测，当然是好。

哎哟启动检测开关，走向还未检查的一排奶粉箱，很快听到清晰的报警声，找到引发报警的箱子，打开再一一查奶粉罐。一个底部有着微孔的毒奶粉罐又被找到了。

哎哟把其他奶粉箱又扫描、检测了一遍，没有报警显示。

"还有一个毒罐要找出来，我们再接再厉吧！"欧阳华鼓励大家。

时间已是中午，小团员们匆匆吃了点儿携带的面包，乘车又奔向了另两个卸货库房。有了哎哟的检测装备，环绕奶粉箱一走就搞定了。这两处库房中没有查到毒奶粉。

向城南方向运奶粉的货车全部查过了。还有四辆货车开向城东。欧阳华联系后了解到特警队的大人们已查完三个卸放奶粉的库房，没发现那一罐注毒的。欧阳华便率领少年们乘车赶往最后一个通往外省的中转库房。

抵达库房后，他们发现库房里并没有堆放的奶粉箱。

一问才知道，那辆运金牛奶粉的货车因司机疲劳驾驶在山沟里翻车，事故现场已被交警队控制。问清地点后，一行人又急速去了出事现场。

在一个山沟处，侧翻着一辆大货车，后车门掉落一旁，地上散落着纸箱和甩出的奶粉罐。哎哟跳下车后，不等欧阳华下令，便对货车上下的纸箱进行扫描搜索，检测一遍没有听到他想听到的警报声。

"团长，这里没发现有毒罐。"哎哟向欧阳华报告。

"已经全部查完了，还有一个毒罐会在哪里呢？"

欧阳华皱眉思索。他看看散落一地的奶箱奶罐，问守护现场的交警："有没有人拿走过这里的东西？"

"我们接到报警赶来，看到前面村子有几户人家正哄抢奶粉，制止了。奶粉可能有丢失……"

欧阳华听他这样一说，马上吩咐小团员们点清车上车下的奶粉罐数目，又与金牛公司联系，了解该车装货量。

欧阳华经核对发现出事现场丢失了奶粉三箱零四罐。

注毒的一罐奶粉应该就在丢失的奶粉中。"欧阳华推断。

"我们进村去查吧？"郝胜建议。

"好，分成几个组，挨门挨户去问，耐心一点儿，讲明利害关系，请村民配合。"欧阳华嘱咐团员们。

这个村子并不大。小团员们进到村民家中，说到丢失的奶粉中有一罐注有剧毒，拿了奶粉的村民心中害怕，赶紧抱出纸箱奶罐让他们检查。在村里几家查到三箱奶粉，仍未查到有毒的。还有四罐奶粉没有下落，欧阳华在一户人家询问村民，得知后山还有一户姓安的山民拿走了几罐奶粉。

"要找到他，毒奶粉可能就在他那里！"欧阳华对郝胜说。

"我们分头上山去找。"郝胜建议。

欧阳华领着一些团员从一个山口上山。郝胜、哎哟和其他团员进了另一个山口。郝胜这一队人看到山腰处有几间民房，走过去上前询问，这里没有姓安的人家。听人讲山上还有人家，他们又寻了过去。这里房屋破旧，院墙坍塌，也没有人居住。这时太阳已从西山山峰落下，团员们奔波了大半天，都相当疲惫。

"到哪儿找去呀？"

"和团长联系回去吧？"

团员们相互嘀咕着。

"怎么办？"郝胜征求哎哟的意见。

"当然要继续找。"

哎哟向四面张望着。他又侧耳听听，对郝胜说："你听，你听……"

"什么响声也没有哇！"

"狗叫，有狗就应该有养狗的人家呀！我们快找过去。"

他们爬山越峰，走了好一段山路，并没有看到人家。

"唉，你听到的狗叫，我估计是野狗瞎汪汪的。"郝胜说，他也彻底泄了气。

"你们先休息休息，我再瞭望一下。"哎哟不想放弃。

他又登到一个高处，环顾着下面，忽然跑下来朝郝胜喊："那边山坳有轻烟升起，像是做饭的炊烟，肯定有人家！"

"再看看去！"郝胜给他的团员说。

在平缓的半山坡上真的有一户人家，一问姓安，正是他们要找的。郝胜问他那奶粉罐的事，姓安的男户主并不配合，矢口否认。郝胜又告诉他并不是要收缴散落的物品，而是查找一罐注毒的奶粉。户主将信将疑，从屋内拿出两罐奶粉，哎哟检测，是无毒的。

"还有呢？"郝胜催问他，"奶粉有剧毒，你不拿出来，让你家人吃了一准丧命！"

"真的呀？"姓安的这才慌了神。

他进屋又抱出两罐奶粉。哎哟的掌屏鸣铃震响了。

"就是这一罐！"

郝胜拿起底部显现微孔的奶粉罐，见户主还有疑问，用刀具在罐底戳了个小孔，看地上有爬动的蚂蚁，撒下一点儿奶粉。几只蚂蚁上前抢食，触上奶粉挣扎一下就倒毙了。

"相信了吧！"

郝胜把刀具和毒奶粉罐装进一个胶袋，看安某一副后怕的神情，赶忙告诉他："快把撒在地上的奶粉铲掉深埋了吧！不然你养的鸡、狗沾上一点儿都会没命的！"

这时天色暗了下来。郝胜联系团长报告了找到最后一个毒罐的好消息。

当方局长得知三个注毒的奶粉罐全部找到后，立即部署警力在全市搜捕马龙、"老妖"，在各媒体公布他们的外貌等信息，悬赏捉拿。方局长指示欧阳华，特警部队要主动出击，尽快缉捕马龙一伙罪犯，不能让他们再干出投毒一类的事，牵着警方鼻子走。

哎哟在冬令营

　　在很有声势的追捕和震慑下，马龙和同伙停止了作案，销声匿迹躲藏起来。两个月后，市局方局长得到消息：马龙在城北郊湿地附近有活动。方局长找欧阳华研究，联系近期湿地发生的盗猎珍稀野生动物案件，想到可能也与马龙有关。方局长指派欧阳华率领少年特警团前去，熟悉环境，接近罪犯马龙，找机会围捕他和同伙。

　　这时中小学已放寒假，少年特警团以冬令营的形式来到北郊湿地。春天时，郝胜、哎哟随爱鸟俱乐部的人曾来此观过鸟。时下进入隆冬季节，几天前下了一场大雪，水面冰封，到处银镶玉砌。此地天气寒冷，也给少年们带来了又一个训练的机会。

　　少年特警团到达北郊湿地后，首先进行了一天冰雪拉练。团员们背上装备，在冰雪中急行军。他们时而跑步越过雪原，时而匍匐爬上冰坡。在攀登一座冰山时，郝胜、哎哟又向冰石上抛出了吸附绳，借助冰凿吃力地登上山顶，再拉拽下面的团员们攀爬而上。登顶之后下山就容易了，山背面是舒缓的斜坡，覆盖了冰雪。团员们脚蹬携带的滑板，向山下溜去，享受嗖嗖滑落的乐趣。

到了山下，欧阳华让团员们休息，准备宿营。大家脚踩着深深的积雪，玩了起来。他们堆雪人，把雪先滚成大雪球。滚这个哎哟滚得最快。别人一个球还没滚大，他已经团起雪团，滚出一大一小两个雪球，把小的摞到大的上面，做好雪人外形。寻来石头、土块给雪人安上鼻、眼，顶部插上一些细树枝算是头发吧。时间不长，一大堆雪人诞生了，有大有小，有高有矮，让这片荒凉的雪地多了处景观。

不知是谁先投起雪球，玩雪意犹未尽的少年们又打起雪仗。他们在雪人之间穿梭，奔跑投掷，雪地上雪团纷飞，吓得栖息在树上的鸟儿惊叫着飞去。哎哟打雪仗也是个强手，他扔出的雪团又多又准，不住在对手头上、脸上开花，让对手招架不住。对方"只好增加兵力"，由郝胜带领着一大群人围攻哎哟身边的几个人。欧阳华站在一旁观战，他对郝胜喊："郝胜，你们人多势众，太欺负人了吧！"

"我想欺负他们，欺负得了吗？"

郝胜正说，脸上又被雪团打中，他啐出落在嘴里的雪水："瞧，他们多厉害！团长你快帮我们一把吧！"

"好，我参战。"

欧阳华也用大手团雪，他东一个西一个向两边投去，

这招得两边的人一起掷他，他慌忙躲闪而逃，小团员们追着掷他，不依不饶。

追跑中，少年们脚下忽然有一只白色的野兔跳出来，引得好几个人扑上去追它。可这兔子三跳两蹦就不见了踪影。它能躲到哪儿去呢？

少年们散开寻找。他们在一块倾斜着的大石头后面看到一个山洞口。从附近走过不仔细看发现不了。大家围上来，哎哟亮开掌屏向洞口里照去，看到洞口斜着向下，里面虽然狭窄，人却能爬进去。

"我下去看看。"哎哟眼望欧阳华提议。

"好。"欧阳华点头。

哎哟背转身，脚先入内，上身在后，用掌屏照着下了洞。过了一会儿，他在洞里喊："里面很大，下来吧！我照着亮……"

欧阳华和一些小团员下到洞里，走过十几米通道后，眼前呈现了一个十几平方米的大洞室。有几条细窄的缝隙通到里面。那野兔可能逃进洞后，从石缝溜走了。

几只白炽手电照亮了山洞，大家看到洞室地面有篝火燃烧的灰烬，旁边还扔着空酒瓶、吃完的空罐头和一支锈迹斑斑的猎枪……

"这里来过人，又吃又喝。"郝胜指着地上的遗留物说。

"看来这里可能是盗猎者的一个窝点。"欧阳华分析。

他掏出一个小巧的探头，选好角度、位置，把它安放在石缝处。他告诉郝胜："清除我们来到这里的痕迹，监测这个山洞，说不定能帮助我们找到有价值的线索。"

下到洞里的人回到地面。

少年散开用手团雪，又要去追打，欧阳华喊住他们："团员们，别再打闹了，我们现在已经和一伙盗猎罪犯走得很近……"

他正说着，发现远处山坡上移动着一辆越野车，忙指给大家看。

"冰天雪地这车开到这里是做什么的？是不是跟踪监视我们的呢？应该查一查。"

正当少年们都向那辆越野车望过去时，团员中的小宁搭话说："团长，车是我家的，不是坏人的。"

"是你家的车？"

"对，车上坐着我的爸爸、妈妈、姥姥、姥爷。"

"开到这里做什么？"

"我来参加冬令营，他们担心寒冷和我的安全，所以悄悄跟着。"

"山坡冰多路滑，开车危险。"欧阳华嘱咐小宁，"叫他们快回去，别跟着啦！"

欧阳华看小宁朝越野车跑去，又对郝胜、哎哟说："你俩跟着他看看去。"

小宁小跑着到了越野车跟前，拉开车门没好气地说："叫你们别来，偏跟着我给我添乱。我这不是好好的吗！我

们团长让我告诉你们：山路危险，快回去吧！"

"好，好，我们走……"开车的爸爸在车里允诺着。

车子掉转车头，往山坡上爬去。谁知这车向上没走多远，却开始溜下来。车里有人喊："不好啦，刹车失灵……"

"啊？"

小宁赶紧迎住向下滑的车尾部用手推。郝胜、哎哟恰巧赶到，也伸手挡车。

车轮溜行在冰冻的坡地上，车上人多，车重。三名少年虽尽力猛推，仍阻止不住车轮倒退。郝胜回头一看，下面是山沟，挡不住车子的话……他不敢想，也不容他想，只是下死劲推车。他听着车里的人惊慌喊叫、拍门，正感到力不从心时，车子像是被什么东西卡了一下，不往下溜了。他扭头一看，惊叫道："哎哟，你！"

原来是哎哟把身体横在了一侧车轮下，给车子"打眼儿"，停住了车。

欧阳华和少年们在远处也看到了这惊险的一幕，他们赶忙跑过去，把车停稳，拉起哎哟。哎哟活动一下手脚、腰部，什么事也没有。

小宁一家人也走到车下。两位老人吓得脚都软了，听说是哎哟用身体阻挡住车轮，连忙拉住哎哟摸着他的腰腿看。

欧阳华上车检查了制动装置，又打开前盖帮助修好，嘱咐一家人小心驾车离去。

　　小宁的姥姥、姥爷还在拉着哎哟不放，念叨着："这么重的车，压了你，怎么一点儿没受伤呢？"

　　"好啦，好啦，"小宁让老人松开哎哟的手，"我回家再讲给你们听！"

哎哟在风雪夜

在湿地西南侧湖岸上，矗立着一座三层小楼。小楼是湿地管理所的办公处。春夏秋三季，小楼临水而立，成了观景的胜地。在这隆冬时节，湖面和荒地都铺满了冰雪，成了白茫茫的一片。

欧阳华与郝胜、哎哟乘车来到湿地管理处，调查了解发生的偷猎案件。接待他们的是年过五旬的桑所长。所长为人亲和，为他们倒热茶水，还拿出湿地果园种植的水果、干果让郝胜、哎哟吃。所长介绍说："湿地方圆几十公里，面积很大。管理所只有十几名员工，承担着保护野生动植物、候鸟迁徙、监测湖区水质、旅游开发等多项工作任务，人员根本忙不过来。所以发生了一些盗猎活动。"

"湿地哪个区域发生得多呢？"欧阳华问。

"盗猎分子神出鬼没，专找没人的地方作案。"桑所长将将头上的白发，"我现在已经跑不动，不能再去追捕他们，是个快要退休养老的人了。如今所里的工作主要靠关副所长领着大家干。"

桑所长向欧阳华介绍，坐在一旁的关副所长站起和欧阳华三人握手。关所长脖子上系着一条红围巾，一副年富力强能干的样子。

欧阳华在管理所并没有了解到有价值的材料，只是听到桑所长表示，发现盗猎者踪迹会迅速报告给他。

两天后盗猎者的踪迹就显露了。但这不是管理所的人报告的，而是安装在山洞里的探头拍到的。让人没想到的是，盗猎嫌疑人竟也是见过面的。

荧屏上的探头摄录的影像显示，这天下午陆续有人提着装鸟的笼子进入山洞，而接下鸟笼议价付钱的人正是那个关副所长，他绕在领上的红围巾是个醒目的标志。

这位关某收下的鸟，从荧屏上就可以分辨出有大鸨、锦鸡等国家明文禁止出售的禽鸟，他要送到哪里去呢？关某还有其他同伙吗？欧阳华一边看着从山洞传出的监控画面，一边叫过哎哟，吩咐他："你快换上白色衣服到山洞那里去，在远一点儿的地方隐蔽。我会发信息告诉你怎样行动。"

哎哟敬个礼，去装备箱取服装换上。

当关某和几个人提着十几个装鸟的笼子爬出山洞，哎哟已在洞口远处守候了多时。这里地势起伏不便于驾车，关某带人走向北面，他不时警觉地回头和向两旁张望。哎哟接到欧阳华的指令：跟住他们！他先用掌屏锁住关某，

然后远远地尾随在几个人后面。

　　风夹着雪花在荒野上空飘落，天慢慢黑下来了。前面一行人向西北方向走，一会儿脚步加快，一会儿又走得缓慢。哎哟不紧不慢地走着，和他们保持着距离。行走中哎哟听到身后有簌簌踏雪的声响，他转过脸一看，有个动物扬着四肢也在向前跃动。哎哟停住脚步，细一分辨，发现那是一只大尾巴灰狼。狼看哎哟不走了，也停住脚打量眼前的少年。哎哟知道狼是外出觅食的，他并不担心这狼会吃了他。看到狼瘦弱的样子，想到它可能一直没吃到食物了，便从后腰带处扯下一个食品袋，里面装着即食牛肉。这是他为其他团员需要和应急时准备的。和狼雪夜相遇，就赏给它吃吧。

　　哎哟撕开食品袋封口，把牛肉袋向狼扔过去。狼闻到肉香，凑近袋子嗅嗅，叼出肉尝尝，贪婪地吃起来。哎哟顾不上管它，迎着风，踏着雪，又追上前去。

　　哎哟又走了一段路，影影绰绰看到前面有一座闪烁着灯光的建筑物。前面的人推门进入。哎哟放慢脚步跟了过去，看到这是一处乡间酒楼。天气寒冷刺骨，门口仍站了两名保安。

　　哎哟向欧阳华报告了跟踪的情况和所在位置，欧阳华告诉他隐蔽蹲守，估计会有人到此联系取走鸟。

　　这时，有几个人从酒楼里走出来，巡视大门外四周。哎哟连忙伏卧在雪地上。

风更大了，雪更猛了。有人向哎哟趴着的雪地走来。哎哟看到走在前边的人前颈处露着红围巾，他分明是关副所长。他们向前走，哎哟不敢动。就在他们再走就会踩到哎哟鼻子的时候，他们停住脚了。

"外面不会有人，这么冷，鸟出来都要冻挺的。"有人说。

"所长说不能大意……"

哎哟听出这是关某的声音。

"取货的快来了吗？"

"那谁知道，走，先回去等等看再说。"

看走出酒楼的人又走回到酒楼里，哎哟紧张的心放松下来。天气寒冷，这对他毫无伤害。他的线路板和部件都经过耐高、低温处理，经受过零下九十度的低温检验，在地球最寒冷的地方，全身构件也能运转自如。哎哟急着想知道的是：谁来取货？什么时候来？

哎哟想要看清取货人，取得证据。他悄悄爬向酒楼一侧的停车场，那里离大门近，看得更真切。就在他爬近一个摆放的石狮子一旁时，他感觉手触到了雪下一块铁板，骤然间警铃声急促响起。哎哟立即意识到他碰触到了报警装置。

随着刺耳的警铃声，相继有人手持棍棒从酒楼里跑出，四下查看。

糟糕！

　　哎哟想到自己爬到离酒楼这样近，肯定会被发现。和这些人遭遇并不可怕，他也能逃脱，可惜的是一场违法交易就不能查清楚了。

　　手拿木棒的人离哎哟越来越近，就在哎哟准备跳起来将他们踹出去时，从他身后嗖地蹿出一个身影，跳到跑过来的人面前，吓得那些人一愣。趁他们没缓过神，它一纵身，夹着尾巴跑走了。

　　"是一只狼，踩了警报……"

　　"让咱们虚惊一场……"

　　哎哟也看清了，跑走的是狼，而且是他用牛肉喂过的那只狼。真是不白喂呀！关键时刻保了他的驾。

　　哎哟庆幸没有被发现。他静静地伏在雪地上，听着呼啸的风声，期待着另外的声响。

　　直至午夜，才响起汽车马达的隆隆声，声音越来越近，一辆货车停在酒楼门前。听到外面车响，从酒楼门里走出来桑所长和关某，他们走向货车。从货车上走下一个人，哎哟一眼就认出来，他是马龙。

　　仇人出现了，哎哟真想立刻就上前把他抓住。可是在这里他形单力孤，而对方人多势众。哎哟先用掌屏将马龙锁住，接着发短信向欧阳华请示对策。得到的回复是：严密监视。

　　马龙并没有走入酒楼，和桑所长说了几句话后，桑所长一挥手，他手下的人便把装鸟的笼子装上货车。马龙上了货车，随即消失在茫茫雪夜中。

　　哎哟向欧阳华报告了马龙将鸟带走。接着他又报告锁定在掌屏的马龙位点已经消失。锁点在距离掌屏一点五公里外时，目标锁定功能就不起作用了。

　　欧阳华命令哎哟撤回。

　　在雪坡上，欧阳华迎接冒雪而归的哎哟，哎哟叹口气说："又让那个马龙逃脱了……"

　　"他跑不了，"欧阳华勉励他说，"你雪夜跟踪，查清了马龙的确在这一带活动着，桑所长和他是一伙的，这对以后破案、抓获马龙，大有帮助呀！"

哎哟寻豹

冬日的早晨，寒风凛冽。公路上车辆、行人不多。

郝胜坐在摩托车上，双手扶把。哎哟坐在后座上。他们随时准备一踩油门飞驶出去。

欧阳华在冬令营营地接到方局长指示：就近配合北郊派出所抓捕两名骑抢犯。欧阳华赶赴派出所了解到，两日来湿地东侧公路上有两名劫匪大白天骑摩托车抢劫行走的单身女子，这也太嚣张了。经研究，派出所提供了摩托车，让一名女警穿上鲜艳的棉服，背个皮包走在路边当"诱饵"。少年特警团出动十人，两人一车，隐蔽在路边店铺房后。

女警穿着高筒靴，不慌不忙地行走。"鱼儿"很快上钩了。一辆黑色摩托车载着两名头戴帽盔的男子从女警身后飞驶而来，坐在后座的人一把夺过女警的挎包，车轮扬起油气和雪尘一溜烟逃走了。

女警早有准备。那皮包里装的只是一本词典。她掏出话卡报告抢劫犯摩托车的颜色和去向。

几辆摩托车上的少年特警在同一时间驱动了车子，一拧油门向抢劫犯逃跑的方向追去。郝胜的骑术最好，他一骑当先跑在前面。很快他便发现了前边飞驶的黑色摩托车。前面的车发现有车追来，更加疯狂地逃窜。一场公路摩托车追逐较量就此展开。

这条公路也是国道的一段，虽然清除了积雪，仍然有些湿滑。郝胜稳住身体，加大油门驾车冲向前去，距离前面车子越来越近。

"靠边停车！"郝胜喊道。

黑色摩托车上的两个人并不回头，更不停车。当郝胜的车追到快和黑车平行时，开黑摩托的一扭车想别郝胜的车。

"郝胜，小心！"

坐在后边的哎哟一跃扑向黑摩托的驾车者。黑摩托失去平衡，三个人和车子一起摔了出去。

郝胜停下车，和哎哟把两名摔倒在地的抢劫犯按住。其他少年特警和欧阳华也赶到了，将两名歹徒戴上手铐押走。

对嫌疑人的预审在派出所进行。两个人供认他们姓李，是兄弟俩，家住湿地附近。说到抢劫动机，都交代是弄钱给家人治伤。他们还有个哥哥。说到哥哥的伤，他们又讲出一桩盗猎的犯罪案件。

兽　篇

　　李氏兄弟交代，湿地属国家野生动物保护区，是禁猎的。可是管理所关某一伙不但不制止盗猎，还怂恿人偷猎，然后把猎获的动物卖给他们。李家兄弟不仅经常用网粘鸟，还设夹板捕捉狍子、野羊等动物。两天前，三兄弟去查看安放的夹板，意外发现夹板夹住了一个大家伙，竟是一只二百来斤的金钱豹。这一绝迹多年的珍兽，让他们兴奋异常：把它剥皮卖了，尽可以好好享乐一番。大哥拿了网就去罩豹。一身钱状皮毛的豹子一只后爪被一个铁板夹住，拖着一根链子，见到人来，狂跳逃窜。那两个兄弟围在旁边却不知如何下手。豹子拼命躲闪着，不让网子套上。它绕着那大哥跑，链子缠住了大哥一只脚，豹子再一蹿，把大哥扯倒了。豹子猛挣扎，勒脚的链子越勒越紧。两兄弟慌了，怕哥哥的脚被勒断，一个赶紧拉住链子，一个用砍刀猛砍铁链。砍了几下，豹子再一挣，链子断了，豹子带着夹板和一大截铁链逃走了。两兄弟赶紧松开铁链，见哥哥脚踝处血肉模糊，已伤到骨头。他们把哥哥背回到家里，包扎一下。想送到医院，又没有钱，于是骑上摩托车抢劫。

　　"说出你们设夹板的地方！"欧阳华审问道。

　　"湿地的东北角，那里离我家近。"一名案犯说。

　　"金钱豹是带着夹板逃走的吗？"

　　"是，它脚上有夹板，还连着一段铁链……"

　　欧阳华结束了预审，向方局长汇报，提出寻找金钱豹，为它取下夹板。方局长同意并答应联系有关部门协助。

　　下午时，市体委运来的两辆摩托雪橇，还有动物救助站站长金霞和另一名男救助员都抵达了冬令营营地。郝胜和哎哟试用了雪橇后，马上分别载上救助人员去搜寻金钱豹。

　　在马达的轰鸣声中，两辆履带式雪橇驶向了湿地东北方向。雪橇从两个方向绕过一座山坡，巡查后雪橇交错开向另一座山坡。从雪橇前跑过了野羊、野驴，还有狐狸、野猪等，却看不到金钱豹的影子。湿地东北方搜遍了，雪橇又向湿地中部驶去。风寒天冷，坐在哎哟雪橇上的中年男救助员有些烦躁，他嘟囔着："这冰天雪地，茫茫无际，上哪儿找那豹子呀？真是瞎耽误时间……"

　　"豹子脚上套了夹板，它逃不远的。"

　　"可能豹子已经死了……"

　　"死了也应该找到它。"哎哟很自信。

　　当哎哟驾着雪橇又驶上一个山坡，终于发现了卧在树丛中的豹子。郝胜也看到它了。两辆雪橇从两侧向它开去。

　　听到隆隆的机器声，看到雪橇向它冲来，已很虚弱的豹子站起身。在它的身后是一个冒着热气的温泉湖，它无处可退。就在郝胜拿出麻醉枪向它瞄准时，豹子纵身跳起，从郝胜的雪橇上面飞跃而过，向前逃窜。哎哟和郝胜赶紧掉转雪橇方向，朝豹子前方包抄。由于豹子后脚上缠着夹板和铁链，行动迟缓，很快被雪橇挡住去路，它又退到湖畔树丛。这一次几个人下了雪橇，都拿着绳索和麻醉枪以

扇形向豹子围上来。豹子并不甘心被擒，它退到湖边，向逼近的人龇牙扬爪，然后跳进湖水中。

　　金钱豹是不善游泳的。郝胜几个人跑到湖岸边，看到豹子在水中挣扎着要爬上湖岸。湖岸是个陡坡，它的前爪一趴一滑。豹头几次淹在水里。郝胜从腰间拉出两条意念吸附绳，掷向豹子，牢牢地吸附住豹子的后颈和背部，接着把豹子向湖岸上拉。豹子身体很重，又惊慌挣扎，四个人用尽力气，就是不能把它拉出水面。

　　"快找些人来吧！"紧拉着绳子的金霞喊。

　　"等不及，豹子会淹死的……"郝胜应道。

　　"扑通！"哎哟跳进湖里。他游到豹子身后，从下面把豹子托出水面。上面三个人攥住绳子使劲往岸上拉，哎哟用力在豹子屁股上推。这一次豹子很配合，它四肢用力，总算爬上了湖岸。郝胜担心它上岸乱来，把它拉到岸上就对准腹部给了它一麻醉枪。枪里是速麻药剂，豹子中枪立即昏迷。

　　金霞用大毛巾擦去豹子皮毛上的水，又给它盖上一块毛毯。郝胜动手为豹子摘除夹板。哎哟上岸后也拿起毛巾擦了擦脸和身上的水。

　　"你也披上毯子吧，泡完水出来多冷呀！"那位男救助员提醒他。

　　"不用，我不怕冷。"哎哟回答。

　　"你不怕冷？那你怕什么？"

哎哟怕在水里泡得时间过长，电线短路，在这种场合他顾不上说，只告诉那男救助员："快救豹子吧，它快要醒过来啦!"

夹板和铁链从豹子的后脚上取下来了。男救助员给豹子磨破的脚皮处敷消炎止痛药膏。金霞把一个装有无线接收仪器的细巧项圈扣在豹子颈部，这样就可以随时探知这只豹子所在的位置，了解它的生活习性会很便捷。

看看豹子快要清醒过来，几个人在豹子身旁放下一大块牛肉，赶紧登上雪橇离它而去。

哎哟跟踪

犯抢劫罪的李家二兄弟被拘押起来。派出所的干警送李家大哥进医院治疗脚伤。伤者感受到医院、派出所人员的细心救治和看护，主动坦白了几件盗猎和向救助站关某贩卖野生动物的罪行，他还交代了一件重大案件的线索：几天前南方一个都市动物园爬行馆的十六条娃娃鱼被盗，这些娃娃鱼被装在恒温水箱里，长途贩运，几经周转加价卖给了本地他的一个朋友，这朋友又高价卖给了关某，发了一笔财。这是他请朋友喝酒，喝得高兴时朋友向他透露的，据说关某还要向别人倒卖。

欧阳华在营地得到这个线索，感到非常重要。丢失娃娃鱼的都市公安局发出的请求各地公安局协查的通报，他已经看到了。通报材料介绍，娃娃鱼学名大鲵。丢失的十六条娃娃鱼平均年龄在十岁以上，是经科研人员十几年努力才将它们培育为成熟种群。不料这些珍稀野生动物竟被盗运到此地。迅速查获被盗的全部娃娃鱼成了当务之急。

欧阳华叫来郝胜、哎哟，和他们一起研究案情。

"关某还要把娃娃鱼倒卖，我看他是要倒卖给马龙。"郝胜先说出看法。

"我看也是。偷运走私到境外会有暴利。"哎哟附和说。

欧阳华点点头说："你们的分析有道理，现在我们要尽快接近救助站的人，掌握他们和马龙交易的地点、时间，把他们一网打尽。"

他们正商量着，在营地门口站岗的团员来报告，救助站桑所长有事找欧阳华。

他找上门来了？来干什么？

欧阳华说罢"快请"，低头思索了一下，一拍哎哟肩膀："不管他来说什么事，反正给了我们机会，你藏到他的车里，跟踪他。我安排集结特警队员！只要马龙现身和他交易，立即展开抓捕！"

"我明白。"哎哟答道。

说话间，欧阳华从营房玻璃窗上看到了桑所长的身影，急忙出门迎了上去："桑所长有什么急事，亲自来访？"

"我得到一条盗猎线索，特来报告。"

"快到里面谈。"

欧阳华把桑所长让到营房里，哎哟上前给他倒上热茶，趁机亮手掌，锁上他的位点。

不等欧阳华询问，桑所长不慌不忙地说："有人向我报告，今晚有一伙人要在湿地东南的湖心破冰捕鱼，这是违

法的！湿地范围内禁止一切猎捕活动……"

"您提供的线索很重要，"欧阳华赶紧说，"今晚我一定带领全体人员赶过去采取行动，抓住捕鱼者……其实您把这线索发给我就行了，何必冰天雪地的跑一趟呢？"

"应该的，"桑所长谦和地说，"大家到我们这里办冬令营，帮助我们打击盗猎，我当然要来拜访一下啦！"

桑所长说完就要告辞，欧阳华知道他是乘车来的，司机还在营地外面的车里，不由分说跑出营地，从车里拉出司机，执意要他到里面喝杯热水。那司机也只好步入营房。

看到管理所的车子空了，哎哟打开车的后备厢，爬到里面。他拿出一根细细的金属线，线的前端有一个米粒大的装置。这是个微型探头。哎哟把探头放在车厢外，放下后厢盖，再把线的另一端扣在自己的袖扣上。有了这个探头，哎哟虽然埋伏在后备厢内，却可以看到车外的景象，同时，探头摄下的影像，也会发送到欧阳华的监测荧屏上。

在营房里，欧阳华和桑所长、司机喝着水，东拉西扯说着话。欧阳华提出留他们吃晚饭，桑所长说他很忙，改日吧。桑所长告别，在走上汽车前，向欧阳华搭讪："你们可要把晚上盗捕鱼的人抓住啊！"

"放心吧，盗猎犯法的人一个也跑不了。"欧阳华相当自信。

欧阳华用眼扫了一下周围，没看到哎哟的身影，他知道哎哟已进入了位置。桑所长的车开走了，欧阳华回到营房，打开监视器荧屏，从哎哟放置的微型探头上传送来行驶中车后部的影像。这种探头是艾教授研制的新成果。监看的欧阳华和哎哟在需要时都能操控连接探头的金属线竖立起来，把探头举高，这样车子四周三百六十度就都能监看到了。

桑所长的车开动后，哎哟卧在后备厢里，他感觉车子一会儿开得较慢，一会儿又加速行驶。从探头传到掌屏的影像中，他知道车子驶向湿地西侧，从方向上是回管理所的。然而车子行驶到管理所小楼前，却并没有停住，而是沿着湿地外的公路又向北开。这是要去哪儿呢？

哎哟正在想，车子拐进路边楼群店铺中的一个停车场。桑所长和司机下车，推上车门。他们环顾四周，看到并没有人注意他们，跑了几步，一前一后开车门，上了另一辆轿车，开出了停车场，又向北驶去。

欧阳华和哎哟都在盯着桑所长二人的行踪。欧阳华看到这里连忙指示："哎哟，桑所长换车可能是害怕有人跟踪，赶快开上你藏身的车追上去！"

"明白。"

哎哟顶开车子后盖，走到车门前，用腰间的万能钥匙打开车门，发动车子，向北跟踪行使。哎哟在营房用掌屏为桑所长定位了，他对照掌屏上移动的黑点，与搭载着桑所长的前车保持着不远不近的距离。

天色黑下来了。哎哟掌屏上的黑点停止了移动。哎哟

也停住了汽车，他和欧阳华通话："团长，桑所长的车开到上次和马龙交易的酒楼了，请指示我怎样行动……"

"你换上雪地装，徒步继续跟踪侦查，只要发现桑所长一伙进行交易，我立即带人抓捕！"

"好，团长，您等我的消息吧！"哎哟语气坚定。

哎哟一身银白服装，在夜色中与冰雪荒地融为一体。离灯光一片的酒楼近了，哎哟看到酒楼前人影走来走去，他伏下身体，悄悄移向前。有了上一次踩到铁板引起报警的经验，这次他绕开停车场，爬到了酒楼对面，可是他仍然不敢大意，爬一步用掌屏的金属探测功能检查一下前方，以防再触上铁板引发报警。

酒楼那里，几次有人拿着警棍在楼外四周走动巡视。关某也长时间站在楼前观望，还带人开车沿公路查看。这些迹象表明，晚间这里将有不同寻常的事情发生。

入夜了，周围一片寂静。

哎哟在雪地上潜伏着，等待着。他想，要是马龙来了，这个罪行累累的家伙，还能让他再脱逃吗？

夜半时分，一对车灯照耀过来，一辆货车开到酒楼前，掉转了车头。这货车好熟悉，而从货车上走下来的人让哎哟更熟悉，真的是马龙。

哎哟抑制着心跳，扬手用掌屏锁住他，赶紧向欧阳华报告。

酒楼里桑所长和几名随从迎出来。马龙和桑所长握手，问道："有什么可疑的情况吗?"

"没发现，"桑所长提议，"娃娃鱼完好，装车吧……"

他话音未落，关某开车查看返回，很慌张地向桑所长报告："所长，你们停在停车场的车，出现在南面马路边，可能有人跟踪到这儿了。"

"啊?"桑所长有些吃惊。

"交易取消!"

马龙吐出这几个字，转身上了货车。

这时天空中传来了轰鸣声，两架直升机出现在酒楼上方。湿地两侧和北侧公路上警灯闪烁，警车也开向了这里。哎哟纵身跳起，跑过去阻挡在马龙的货车前。酒楼前手拿棍棒的人惊慌失措，纷纷扔下棍子跑向酒楼。关某则上前和哎哟扭打在一起。马龙趁机驾驶货车开进湿地逃窜。

从直升机和警车上冲下来的干警合围了酒楼，将滚倒在地的关某铐住。欧阳华赶到，把哎哟拉起来，问道："马龙呢?"

"逃进湿地了，可是他已经让我锁住了位点……"

"好，你开车继续跟踪，最好能找到他的巢穴，我们铲除他!"

哎哟说一声"是"，向欧阳华敬礼，驾驶一辆警车追去了。

欧阳华进到酒楼里，这时桑所长和他手下的人都被制伏，蹲在墙边。装有全部娃娃鱼的三个恒温水箱也放在一

旁。欧阳华走近桑所长冷笑道："你的确很忙，忙着干坑害国家的事！"

看桑所长无言以对，欧阳华又说："你告诉我要把盗捕鱼的人抓住，我们抓了，那是你雇了几个人虚张声势。你是想声东击西，趁我们不注意，溜到这里贩卖娃娃鱼，可是你仍然难以得逞。你还干了什么坏事？赶快坦白！"

桑所长轻轻哼了一声，闭眼不答。

有警员走来，向欧阳华报告，经搜检，酒楼水箱中发现一批珍稀鱼类，冰箱中藏有野生鳄鱼、天鹅肉。欧阳华正让警员清点违法私存货物的数量，又有人报告说地下室发现一个熊场。欧阳华走下去看，地下室光线昏暗，十几只熊都单独囚禁在大铁笼内。询问一名酒楼员工才知道，桑所长把这些熊买来，养着它们是专为抽取胆汁，赚取利润的。每只熊肋下都有个手术后造的瘘管，直通熊的胆囊，外连一根塑料软管。抽取胆汁时，用大铁钩把熊钩到笼前，将针筒插入软管。在墨绿色胆汁被抽吸时，可怜的熊犹如受刑一般，大嘴咧开，两眼爆凸，痛得浑身乱颤，惨叫声在地下室轰响不停。欧阳华看到一个铁笼内一只缺少熊掌的熊倒在血泊中，他问："这只熊怎么了？"

那员工说，这只熊不愿再受摧残折磨，自己拔出瘘管，又拉出肝肠，高举着狂嚎，于是被活砍了四肢……

一起下到地下室的郝胜和警员们听到这些，感到毛骨悚然。

　　"这个桑所长，为了赚钱太残忍了！"郝胜气愤地说。

　　欧阳华看看一只只呆立的大熊，感慨道："这个湿地管理所，实在是个伤天害理所。如果不是我们破案，抓住桑所长一伙，这些熊不知还要受罪受虐到几时！"

哎哟探敌穴

　　夜色中，哎哟开着警车进入湿地，他对照掌屏上黑点的移动，远远尾随跟踪。黑点移动的轨迹扭来绕去，成不了一条直线。哎哟知道这是因为湿地没有路，要在山坡谷地穿行。跟随中，哎哟发现掌屏上的黑点移动缓慢了。他也减慢车速，开了一段路，来到了湿地东侧的马路边，一辆货车停在一旁。这是马龙弃下的。从黑点移动的速度可以推测马龙在步行。

　　哎哟手握方向盘，滑动着车轮继续尾随。忽然，掌屏上的黑点朝南方快速移动起来，哎哟想马龙一定是上了出租车或搭上什么汽车了，赶紧加速追了上去。

　　天亮了。哎哟驾车跟随目标回到城里。掌屏上移动的黑点又慢了下来。哎哟想到马龙又下了车，他也把警车停在路旁，下车步行追去。

　　接下来，哎哟掌屏上的黑点停停动动。哎哟跟过去，发现马龙有时进医院，有时进超市，不过都是绕一下就出

231

门，显见他是担心被跟踪使出的招数。马龙还走进一家影楼，看了一会儿电影。哎哟趁机在服装店买了一件带有帽子的棉袍，穿上，又戴上一个大口罩，防止走近被马龙认出来。

中午时，马龙在一家小店用餐，他坐在靠窗的位置，眼睛不时向街上张望。出门后他在步行街穿行，在街口忽然上了一辆出租车。尾随的哎哟也有准备，拦下另一辆出租车，跟随前车。车子驶到城西，马龙在一个住宅区前下了车，他环顾了四周后，向楼群里走去。

哎哟让出租车停下，走下车。他看着掌屏，上面的黑点在慢慢移动中停住了。哎哟想，马龙的老巢可能就在这里。

他走进住宅区搜寻。这是一片新建的高档住宅区，入住户不多。每户有个封闭的庭院围着一幢三层小楼。哎哟来到一个别墅庭院外，掌屏黑点轨迹表明马龙进到了这里。哎哟围着这个庭院走了一圈，黑点固定不动，是马龙在里面的验证。

哎哟若无其事地走开，看到远处有一个小亭子，坐过去，一边监视着目标，一边和欧阳华联系，向他报告："团长，马龙肯定在这座别墅里，里面是什么情况就不好查了。"

"你继续监视，这次不能再让马龙溜掉。"欧阳华叮嘱他，又说，"别墅内的侦察我想办法。"

　　两个小时后，郝胜驾驶一辆轿车赶来。哎哟上车坐在郝胜身旁，他问："团长准备怎样对马龙藏身的别墅进行侦察呢？"

　　"用这个——"

　　郝胜拉开车内一个小抽屉，拿出一个小盒子。哎哟接过来，打开盒子一看，里面放着一只瓢虫。

　　"用它呀？"哎哟有点儿吃惊。

　　"这是一只机器瓢虫，是团长让我从艾教授那里取来的。艾教授已把这小虫的传导线路和这车上的接收屏幕连接在了一起，天一黑就可以把这机器虫放飞出去了。"

　　"那我们就坐等天黑吧。"哎哟说着推了郝胜一把，"一闲坐着，你可别又打上呼噜……还记得上回吗？我们坐火车追捕毒贩，你睡得那叫一个香！"

　　"今天不会，因为有好戏看。"郝胜显得精神振奋。

　　天色慢慢暗下来了。轿车里的两个人看到马龙藏身的楼房二层亮起了灯，拉上的窗帘后有人影晃动。

　　郝胜开启座位前的荧屏，标定出与楼房灯光的距离，先打开车门，再打开小盒子。瓢虫扇动翅膀向亮着灯光的楼房飞去。

　　郝胜和哎哟从荧屏上看到，瓢虫围着二层绕了一圈，寻找进入楼内的空隙。正值隆冬，门窗个个紧闭。瓢虫左飞右飞，后来飞到排气扇旁，从孔洞里钻入房间。

　　随着翅膀收拢，荧屏上的瓢虫落在二层一面明亮的墙上。郝胜二人还没看清房内的景象,从一个房角猛然飞起一只蓝羽鸟,照直冲来,用尖喙啄向瓢虫。只听当的一声,荧屏上的瓢虫肢体四碎。

"糟了,瓢虫被发现,侦察失败了……"哎哟惋惜自语。

"不是的,你看——"

郝胜指着荧屏让哎哟看。瓢虫不复存在了,房间的一切景象都清晰地映现在屏幕上。

"艾教授预想到对机器瓢虫的拦截,他用蒙混过关来对付。瓢虫虽然四分五裂了,但它的一只脚还粘在墙上,上面装有肉眼看不到的微型摄像监听装置。"

"哦,原来是这样!"哎哟为教授的研究感到高兴。

他们从荧屏上看到,走动在房间中的正是马龙和"老妖"。这两个家伙看到了蓝羽鸟啄击瓢虫的一幕。这冬天飞来的瓢虫让他们感到不安,两人撩开窗帘向四处张望,都有些神色慌乱。

郝胜把侦察到的情况向欧阳华报告。欧阳华告诉他说,注意监视,天亮后警员到位即对马龙二人实施抓捕。

就在等待天亮的几个小时内,事情发生了变故。

瓢虫,就是这只瓢虫的出现,让马龙预感到事情不妙。郝胜、哎哟从荧屏上监看监听到,他几次到三面窗口观看外面动静,不停地在房间踱步思索。午夜后,他走近专心上网的"老妖"说:"你赶快把机密材料整理到一起。"

"要离开这里吗?""老妖"问。

"我感觉在这里有危险了,你快收拾吧!"

"老妖"站起身,去开墙边的一个保险柜。

马龙看着他低头转动柜上的号盘,右手从口袋掏出一把手枪,握在身后。当"老妖"拿出几个文件袋,放到马龙脚下,马龙问他:"姚,如果你被抓了,你能守住我们的秘密吗?"

"老妖"抬头望了一眼马龙,迟疑了一下,说道:"能。"

"很好。"马龙向他举起枪,"可是我信不过你!"

枪响了,"老妖"倒卧在地。马龙从储物柜里提出一个大塑料桶,把里面的液体倒在"老妖"身上和文件袋堆上,又沿着四壁洒了一周,然后退到房门口,掏出打火机迅速打火向房内一丢。腾地一下,房间成了一片火海。那只蓝羽鸟飞蹿了两下,跌落在火里。接着,郝胜、哎哟望着的荧幕黑屏了——粘在墙上的监看监听装置也烧毁了。

郝胜、哎哟抬头一看,监视中的别墅二层烟火熊熊,燃烧猛烈。郝胜连忙拨打 119 报火警,哎哟急向欧阳华告知发生的情况。

"哎哟,你们要守在周围,盯住马龙!"欧阳华吩咐。

"放心吧,我已经把他锁在了掌屏上。"

大批消防车和警车很快赶到了,警员封锁住现场,消防队员用水枪从四周向着火点喷射。半个小时后,大火被扑灭了。欧阳华率领干警准备冲进楼内搜索，哎哟和郝胜跑过来，哎哟说："团长，我们一直监视着别墅，马龙并没有出大门和翻墙出来，但是他逃走了。您看我掌屏上锁住他的黑点，正在突突移动……"

"我看！"

欧阳华拉过哎哟的左手，看了一眼，指挥警员："大家到楼里仔细搜查！"

马龙是怎样逃走的呢？

哎哟关虎

　　着火的别墅由于框架坚固，消防人员抢救及时，并未倒塌。公安人员进入别墅搜查，发现一层下面还建有一个地下室，地下室连着一个长长的通道。看来马龙是沿着这条通道逃走的。

　　欧阳华从哎哟的掌屏上看到黑点还在向前移动，连忙率领干警们进入通道追去。通道长达几百米，尽头有个铁门。追捕的人从铁门走出，才知道这个出口是一个变电站的机房。在变电站前横着一条河，河对面是城西滨河公园。干警们通过一条石桥，来到公园围栏外。铁栅栏和石柱连成的围栏仅一人高，徒手翻越过去并不困难。哎哟站在欧阳华身边报告："团长，从我掌屏上黑点的直线移动轨迹看，马龙是进了这公园的。"

　　"沿公园围栏两侧快速向前包抄。"

　　欧阳华向特警人员下达指令，又带上几个人，朝郝胜、哎哟招手说："我们进公园！"

　　夜色渐渐退去。欧阳华这一行人来到公园正门前。公园大门紧锁。敲门之后，一名门卫走出，看他们是公安人员，向他们讲述，公园里出事了，关闭了，已经报警。

　　原来，公园里来了一个马戏团，日间为游人演出马戏。夜间一小时前被人打开几个兽笼，跑出来两只狮子、一头熊和三只老虎。早晨发现时，已有少量市民到公园晨练。公园的保安和工作人员赶紧招呼游人进到厅室内，关上门窗，以避免被野兽所伤。

　　这会不会和马龙有关呢？欧阳华很快想到这一点。制造混乱，趁乱脱身，是犯罪分子惯用的花招。他听说公园里安装了大量监控探头，立刻让人带着去监控室调看。马戏团驻地上方的探头录像播放出来了，果然是马龙干的。他在夜色掩护下溜进马戏团关有野兽的铁笼之间，蹑手蹑脚打开几个笼门，让熊、狮子、老虎跑出来。有一只雄虎卧着不想动，马龙拿起笼旁放着的一个电棍，通电戳在老虎身上，老虎惊啸一声蹿出笼去……

　　正看到这里，欧阳华收到一条方局长发来的指示：全力捕捉从马戏团跑出的动物，确保公园游人和员工的安全。这时，公园园长被找来见欧阳华。欧阳华赶紧问他："跑出来的动物，现在在什么地方知道吗？"

　　"公园很大，树丛、石洞也多，不知道藏在哪儿。"

　　"发现它们，用麻醉枪把它们打倒装回笼子就可以了吧？"

马戏团团长说跑出的老虎中那只雄虎不能麻醉，"这老虎对药物过敏，一次为它拔牙，注射麻药后这虎昏迷休克，险些死了。目前全球老虎数量很少了，对这只虎……"

"好吧，我们对它另想办法。"说着，欧阳华转身走开，郝胜、哎哟和干警跟在他身后。

站在监控室门外，欧阳华眺望着公园里的楼台亭榭、石山树丛、湖岸冰面，他感觉搜索地域宽阔的公园警力不够，便掏出话卡和方局长联系，请求派一架直升机来。

等待中，从公园中部传来紧急报警，两只跑出的狮子，正在冲撞植物园暖室的门窗，里面的女养花工在拼命呼救。欧阳华立即让几名警员携麻醉枪乘车赶过去。

隆隆的轰鸣声从远而近，直升机飞来了，降落在湖岸一块开阔地上。欧阳华指派郝胜、哎哟上机，吩咐他们："你们仔细搜索，发现熊和老虎就通知我！"

"是！"

郝胜和哎哟登机。快速转动的螺旋桨，提着直升机又离开了地面。飞机沿着公园围栏内侧飞，郝胜、哎哟全神贯注地向下看着，搜寻到南门时，他们发现了熊的身影。这家伙直立着高大的身躯正用掌拍打小卖部的门窗，把贴有饮料、炸鸡的广告画都扯碎了。

欧阳华听到报告，告诉站在身边的园长，熊找到了，马上捕捉。这时赶来也在一旁的马戏团女驯兽员说话了："现在已过了动物平常的进食时间，这熊可能是饿了，想找食，我去吧！"

"好的。"欧阳华点头同意。

几名警员跟上驯兽员，把一个铁笼装到电瓶车上，去了公园南门。

小卖部里也有一名售货员。他听到熊拍门，开始也很害怕，不过还算沉着，趁熊打门，打开一扇窗子往外扔出一个面包。熊一见连忙抓过去撕开纸吃起来。

驯兽员几个人赶到时，熊还在贪婪地舔着地上的面包屑。女驯兽员让大家把铁笼放到地上，往笼内放了熊平素爱吃的蜂蜜窝头、巧克力夹心甘薯，然后用鞭子把熊往铁笼内赶，熊看到笼内的美味食物，很听话地入笼了。

欧阳华先后收到了熊和两只狮子已成功捕获收笼的消息。可是跑出铁笼的老虎在哪儿呢？

直升机在公园上空搜寻到第二遍，在公园深处一片树林掩隐的山石间，终于发现了三只老虎。欧阳华指挥公园内外的警员向藏伏着老虎的石山聚集，并形成了两层包围圈。

围住老虎以后，女驯兽员在前，马戏团的人抬着铁笼跟随在后，进入石山的小道。与虎打了照面后，驯兽员手举长鞭向虎发出口令。两只雌虎看手持盾牌的一圈人围在外面，无路可走，听话地走进了放在一边的铁笼。那只雄虎体格强健，暴躁狂啸，可能因为被马龙用电棍击打过，任凭驯兽员怎样催唤，就是不进铁笼，几次被长鞭赶到笼

口，又从驯兽员身旁蹿开。警员举着盾牌围上去，虎被围住，毫不示弱，它纵身一跳，就跃过警员头顶，跑到另一层包围圈外。在场的人知道，对这只凶悍的雄虎不能使用麻醉枪，又该怎么降伏它呢？

直升机完成了空中搜寻任务，降落在地面，郝胜、哎哟回到欧阳华身旁。看到欧阳华和公园园长等人商议对付雄虎的办法，哎哟自告奋勇上前对欧阳华说："团长，我有个引诱老虎回笼的办法。"

"说说。"欧阳华想听。

哎哟说出自己的主意，欧阳华同意试试。他让马戏团的人搬来一套有前后两个笼、三个门的大兽笼，让人们后退，离雄虎远些，不再刺激它。哎哟抱着一只白兔走近雄虎，摩挲着白兔的头和耳朵，希望老虎能对白兔有兴趣。

卧着的雄虎看到白兔了，却扭过脸去。哎哟把白兔放在地上，对老虎喊："嘿，你不想吃兔子肉吗？"

老虎听到喊声，回过头，仍一动不动，那白兔却吃了一惊，趁哎哟一把没按住，钻进草丛不见了。

哎哟用白兔引诱老虎失败。他向欧阳华要求再试一次。

这次哎哟抱着一只大白鸭子出现在雄虎面前。鸭子扇动翅膀"嘎嘎"一叫，立刻让老虎站起身来。哎哟举着大白鸭向老虎晃动，看老虎朝他迈步了，他倒退着往铁笼里走。当老虎跟进了铁笼，笼门"咔嚓"一下关住了，这时哎哟退到了后边一层铁笼，把身后的笼门也关上了，然后，他抱着白鸭从第三个笼门走出。

老虎重新入笼，现场的人们一起鼓掌。

欧阳华向方局长报告了事件的处置经过。

公园和马戏团的人忙着做善后工作，准备开园迎接游人。

哎哟向欧阳华报告："团长，我掌屏上锁定的马龙位点消失了。"哎哟感到惋惜，"唉，又让他逃掉啦……什么时候才能抓到他呢？"

"一定能抓到他！"欧阳华很有自信，又说，"抓住一个马龙，也还会有牛龙、杨龙……"

是啊，犯罪和打击犯罪的斗争哪有完呢！

图书在版编目（CIP）数据

哎哟／于永昌著. -- 北京：中国文史出版社，
2024.1

ISBN 978-7-5205-4073-5

Ⅰ . ①哎… Ⅱ . ①于… Ⅲ . ①长篇小说-中国-当代

Ⅳ . ①I247. 5

中国国家版本馆 CIP 数据核字（2023）第 071938 号

责任编辑：薛未未

出版发行：**中国文史出版社**
社　　址：北京市海淀区西八里庄路 69 号院　邮编：100142
电　　话：010-81136606　81136602　81136603（发行部）
传　　真：010-81136655
印　　装：北京柏力行彩印有限公司
经　　销：全国新华书店
开　　本：880×1230　1/32
印　　张：8　　　　字数：142 千字
版　　次：2024 年 1 月第 1 版
印　　次：2024 年 1 月第 1 次印刷
定　　价：55. 00 元